Gabriel DiFloid

Die Geschichte eines Jungen, der die Freiheit suchte

L. Francis Skar

INHALT

Prolog   **9**

1. Teil

Mein Leben in Bliss Liberty   **15**

2. Teil

Belion Forest – Die Heimat des Friedens   **123**

3. Teil

Drei, zwischen Leben und Tod   **191**

Epilog   **243**

Danksagung   **247**

„Das Geheimnis des Glücks ist die Freiheit, und das Geheimnis der Freiheit ist der Mut."

– Perikles

Für alle Kinder, denen die Freiheit genommen wurde.

Prolog

„Bliss Liberty lässt dich grüßen."

Mit diesem Satz fing alles an. Es war der erste Satz, den ein neugeborener Junge bei seiner Geburt in Bliss Liberty gesagt bekommt. So auch bei meiner Geburt.

Ich bin Gabriel DiFloid, ein reiner Libertane ohne Vorsünden, da ich in der Sekte Bliss Liberty geboren bin. Ich bin das zweite Kind von Azrael DiFloid und Ann Azrael, doch deren erster und einziger Sohn. Ja, du hast richtig gehört. Frauen waren nicht ehrbar genug für einen Nachnamen, sodass man ihnen den Namen ihres Ehemanns an den Vornamen gehängt hat. Als wären sie Besitztümer ihrer Männer. Sie waren Besitztümer ihrer Männer. Ehemänner, die zugleich ihre Peiniger waren.

Als Sohn hatte ich gewisse Vorzüge und Rechte, denn ich war Teil des richtigen Geschlechts. Ein Geschlecht, das ohne das andere nicht existieren konnte, doch welches sich als einzig Richtiges sah. Männer bezeichneten sich als Libertane, die sich selbst die Aufgabe gaben, über die Frauen zu herrschen.

Libertane, die sich dazu berechtigt fühlten, Frauen und Mädchen als Objekte anzusehen, die nur Mittel zum Zweck waren. Ein Mittel, um ihre Macht zu demonstrieren.

Das höchste Gesetz in Bliss Liberty lautete:

Wer dir weh tut, dem tust du weh. Außer du bist eine Frau, dann wird dir wehgetan.

Keine Frau durfte sich jemals verteidigen, geschweige denn die Hand gegen den Mann erheben. Den Jungen wurde von klein auf beigebracht, wie man führt, bestraft und Frauen zum Gehorsam bringt. Mädchen lernten zu gehorchen, willig zu sein und sich zu fügen.

Keine Ausnahmen, keine eigenen Entscheidungen.

Für Leute, die damit nicht aufgewachsen sind, wird es unverständlich und naiv klingen. Aber glaube mir, ich zeige dir die Welt, in der es möglich war, alles Gute und Gerechte zu vergessen, als wäre es nie da gewesen. Für mich war es nicht da. Für mich gab es in den ersten Jahren nur Bliss Liberty, dessen Gebiet, welches in fünf Zonen geteilt war, den großen Zaun und die böse Welt hinter dem Zaun. Als Kind wusste ich noch nicht, dass das Areal von Bliss Liberty mit 10.000 Hektar in den nordischen Wäldern nur ein winziger Teil von der ganzen Welt war. Damals war Bliss Liberty meine ganze Welt. Libertane sind komplette Selbstversorger, die unabhängig von der Außenwelt ihre Freiheit gefunden haben. Eine eingezäunte Freiheit.

Jedem war eine Aufgabe zugeschrieben, die er verfolgen musste. Von Hirten bis Blocker - den Beschützern Bliss Libertys. Beschützer, die gefürchtet wurden, da sie die einzigen Libertane waren, die das Areal von Bliss Liberty verlassen durften. Sie gingen und kamen mit neuen Libertanen wieder. Menschen der Außenwelt, die psychisch und physisch manipuliert wurden, damit sie dem Ruf der Libertane folgten.

Ihnen wurde ein Paradies versprochen, in dem sie ihre Freiheit opferten, um eine innere Freiheit zu erlangen.

Dieses sogenannte Paradies der Freiheit wurde von einem Mann geschaffen, der sich selbst nur als Guru vorstellte. Ganz Bliss Liberty unterlag ihm und seiner Gewalt. Er fühlte sich von Gott berufen einen Ort zu schaffen, der nach Gottes Prinzipen lebte, doch er erschuf einen Ort nach seinen Vorstellungen. Er reiste um die ganze Welt, um so viele Menschen wie möglich in seinen Bann zu ziehen, damit er immer mehr Macht erlangte. Menschen, die einen Herrscher brauchten, weil sie zu schwach waren, sich als Individuum anzusehen. Er wurde von diesen Menschen verehrt, die sich selbst nicht in der großen Welt gefunden hatten und schließlich von ihm, dem Guru, gefunden wurden.

Sie waren Schatten des Gurus, einem Menschen, der vor seiner eigenen Identität in der Welt flüchtete und eine dauerhafte, nie endende Bestätigung suchte. Und seine Suche fand ein Ende, als er zum ersten Mal im Belion Forest stand, eine mächtige Energie spürte, die vom Wald ausging, und wusste, dass das der Boden seines Lebenswerkes werden würde.

Sein Lebenswerk Bliss Liberty.

Sein Glaube verfolgt das Prinzip der Gefühlsmanipulation und der Frauenunterdrückung. Gewalt und Ungerechtigkeit stehen in Bliss Liberty auf der Tagesordnung.

Nach außen ein Ort des Friedens, doch in Wahrheit ein Ort, der so nicht existieren sollte. Niemals. Für niemanden.

Ich bin Gabriel DiFloid und dies ist meine Geschichte.

1.Teil

Mein Leben in Bliss Liberty

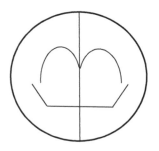

Bliss Liberty 2000

Ich war nicht stolz. Mir wurde es so beigebracht. Mein Vater sah mich an und mein Kloß im Hals wuchs zu einem zentnerschweren Ball heran. Auf jeden Fall dachte ich es. Ich schluckte, doch mein schlechtes Gefühl ließ mich nicht los. Ich blickte in die Augen meines Vaters und wusste genau, was er gerade dachte:

„Sei kein Feigling, mein Sohn. Nicht an deinem Geburtstag. Du weißt, was dir bevorsteht, wenn du es nicht schaffst!"

Ich schaute weg, um nicht in Panik zu geraten. Ich war in diesem Moment zu schwach dem Druck standzuhalten, den mein Vater ausstrahlte. Bis jetzt hatte ich sie noch keines Blickes gewürdigt.

Ich war nicht stolz darauf. So wurde es mir eben beigebracht. Plötzlich musste ich an meine Mutter denken, die eigentlich an so einem wichtigen Tag, wie diesem, neben meinem Vater stehen sollte. Je mehr ich versuchte die Gedanken an meine Mutter zu verdrängen, desto mehr Emotionen kamen in mir hoch. Als ich den Tränen nahe war, packte mich die Wut. Damals war die Wut ein weiteres Hindernis, das ich überwinden musste. Doch heutzutage bin ich mir sicher, dass die Wut ein Schutzreflex meines Körpers war. Denn Schwäche durch Tränen auszudrücken war strengstens verboten und wurde hart bestraft. Durch die Wut gelang es mir dem Mädchen scharf ins Gesicht zu schauen.

Sekunden später hatte ich bereits wieder einen klaren Kopf und bereute meinen scharfen Blick. In mir drehte sich alles und in dem Moment, als dem Mädchen eine glänzende Träne die Wange herunterlief, wurde mir schlecht - vor Angst ihr wehzutun.

Als ihre Mutter die Träne ihres eigenen Kindes sah und genau wusste, dass sie rein gar nichts gegen ihr Leid unternehmen konnte, senkte sie beschämt den Blick und ich erkannte Mitleid in ihren stumpfen Augen aufblitzen. Der Vater des Mädchens sah ebenfalls das Mitleid in den Augen der alten Frau. Minuten später trocknete bereits das Blut, welches der alten Frau aus der aufgeschlagenen Lippe lief, die durch die Bestrafung des Vaters entstanden war. Heutzutage kenne ich keine Person, deren Blut so schnell trocknet, wie das eines Libertanen. Als könnte sich der Körper anpassen.

Ich konnte meinen Blick nicht von ihr wenden und starrte das Mädchen deshalb ohne Reaktion weiter an. Sie war so wunderschön.

Mir kam es vor, als stünde ich stundenlang in ein und derselben Position da. Wahrscheinlich waren es nicht mal zwei Minuten. Mir fiel auf, dass ich mich nicht an ihren ganzen Namen erinnern konnte. Vielleicht wusste ich ihn einst, doch in diesem Augenblick des Schweigens fiel er mir nicht ein und dafür schämte ich mich gewaltig. In meinem Kopf drehte sich jetzt alles noch viel schneller. Meine Mutter drängte sich in meinem Kopf wieder in den Vordergrund, doch sie wurde schlagartig aus meinen Gedanken gelöscht: durch ein leises, aber hörbares Schluchzen.

Alle Blicke wandten sich dem Mädchen zu, das sich bereits vor Schreck auf die Lippe gebissen hatte. Ich konnte sie nicht länger anschauen, sonst wäre ich innerlich zerrissen. Also ließ ich meinen Blick schweifen. Erst jetzt fiel mir auf, dass der Raum in dem ich stand, für diesen Tag feierlich geschmückt war.

Für meinen Tag.

Auch die Leute um mich herum waren festlich gekleidet. Wut stieg wieder in mir auf und ein weiteres Gefühl, mit dem ich in diesem Moment nicht gerechnet hatte, machte sich bemerkbar. Es war Ekel. Ekel vor mir selbst, vor der Tat, die ich gleich begehen werde und vor allem vor den Menschen um mich herum, die dafür verantwortlich waren. Mein Vater, ihr Vater und unser aller Vater, der das zuließ. Der Ekel vermischte sich mit der Wut in mir zu einem unerträglichen Gefühlschaos, dem ich nicht länger standhalten konnte.

In diesem Augenblick der Verzweiflung wurde mir bewusst, dass ich jetzt nicht das tun konnte, was alle in Bliss Liberty an diesem Tag von mir erwartet hatten.

Also fasste ich einen Entschluss.

Bliss Liberty 1997

Ich war mal wieder am Zaun. Ich wusste, dass es strengstens verboten war, dorthin zu gehen. Aber je älter ich wurde, desto mehr verspürte ich ein Gefühl von Eifersucht auf die Leute der anderen Seite des Zauns. Ich wusste, dass es dort draußen Leute gab - die Sündiger dieser Welt - die sich nicht unserem Prinzip der Freiheit und Gerechtigkeit anschließen wollten. Schlichtweg alle Guten waren innerhalb des Zauns. Alles Böse dahinter.

Diese egozentrische und naive Denkweise der Libertanen wurde uns Kindern in der Schule beigebracht. Das Aufwachsen in Bliss Liberty wurde für alle Kinder vereinheitlicht. So gab es keine Stärken und keine Schwächen, alles um das eigenständige Denken zu unterbinden. Wir sollten glauben, was uns erzählt wurde. Und das taten wir. Anfangs zumindest.

Ohne Hinterfragen. Ohne Emotionen.

Die Schule wurde von den alten Libertanen geführt. Diese, die nicht rein geboren wurden, sondern erst im Laufe ihres Lebens Bliss Liberty als das einzig Wahre anzusehen gelernt hatten. So bekamen wir einen Einblick über die Welt hinter dem Zaun, der durch Erzählungen der Lehrer in uns verinnerlicht wurde. Es wirkte glaubwürdig für uns Kinder, sodass wir die Denkweise, die uns präsentiert wurde, als die Eigene angesehen haben. Vater sagte immerzu, dass ich für meine gerade mal 13 Jahre sehr weit sei. Ich war mir damals nicht sicher, ob er meine geistige oder meine körperliche Entwicklung meinte. Heute weiß ich, dass er das Letztere meinte, was mir ein paar Jahre später zum Verhängnis wurde.

Trotz der Tatsache, dass ich sein Liebling war - *soweit man als Libertane Gefühle für andere Menschen empfinden konnte* - durfte er nie erfahren, dass ich hier am Zaun meine freie Zeit verbrachte. Mit bereits acht Jahren sprach mein Vater zu mir, als wäre ich erwachsen. Deshalb verstand ich vieles, was er von sich gab, nicht. Zu dieser Zeit war es für mich bereits selbstverständlich täglich stundenlang zu beten und von meinem Vater die Lehre des Führens unterrichtet zu bekommen. Beten, um sich seiner Existenz würdig zu erweisen und man jedes Mal aufs Neue realisieren musste, dass man nur am Leben war, um seinem Schicksal zu folgen. Das Schicksal, welches der Guru für uns festgelegt hatte und das nicht mehr veränderbar war. So konnte er bei der Geburt eines Libertanen darüber entscheiden, ob du Hirte, Förster - oder was ihm sonst gerade einfiel - wirst.

Ohne Hinterfragen. Ohne Emotionen.

Der einzige Ausweg, dem Schicksalsspruch des Gurus zu entkommen, war, sich als Blocker ausbilden zu lassen. Die Ausbildung war anstrengend und dein Vertrauen in Bliss Liberty wurde auf das Kleinste analysiert und bewertet. Wenn man als Blocker versagte, wurde man mit der Verbannung bestraft. Man hatte sich dem Willen des Gurus widersetzt und seine Stärke nicht beweisen können.

**

Als die Sonne auf halb vier stand, wusste ich, dass ich mich schleunigst auf den Weg machen musste, um pünktlich zu dem Jugendappell zu kommen. Also stand ich auf und ging durch den Wald zurück zum Zentrum.

Bliss Liberty war in fünf einzelne Zonen eingeteilt, die kreisförmig um das Zentrum lagen. Jede Zone erfüllte einen bestimmen Zweck. So war die erste Zone das sogenannte Zentrum, wo sich das Wichtigste abspielte. Hier war unter anderem das Anwesen des Gurus, die Knabenschule, der XXs-Bereich, der Standpunkt, an dem man wöchentlich Essen und Sonstiges ausgehändigt bekam und der große Platz, an dem auch der Jugendappell stattfand. In der zweiten Zone wohnten die angesehenen Libertane, wie die Blocker mit ihren Familien und die Helfer des Gurus. Die dritte Zone diente für die restlichen Libertane als Wohnplatz. Jeder Familie wurde ein Haus zugeteilt, in dem sie wohnen durften. Nach der dritten Zone fing der Wald an. Der Wald wurde auch als vierte Zone bezeichnet und galt als unser großer Versorger, aus dem wir Bauholz für die Häuser und Brennholz bekamen. Keinem war es erlaubt - der nicht wegen seines Dienstes im Wald arbeitete - diesen zu betreten. Ich wusste, dass die fünfte Zone nicht existierte. Dieser war nur eine Geheimbezeichnung für den großen Zaun. Uns Kindern erzählte man in der Schule, dass in der fünften Zone alle Ausgestoßenen und Verbannten tagtäglich gefoltert und gequält wurden. Deswegen traute sich keiner durch den Wald zu gehen.

Mein Vater war Förster des Nordteils von Bliss Liberty. So durfte ich ihm ab und zu beim Holztragen helfen und bekam die Genehmigung die vierte Zone zu betreten. Allein hätte ich aber niemals dorthin gehen dürfen.

Auf dem Weg durch den Wald bemerkte ich etwas im Gras glitzern. Ich ging davon aus, dass es ein Stein war, der lediglich die letzten Sonnenstrahlen des Tages reflektierte. Bei näherer Betrachtung entdeckte ich aber entgegen meiner Vermutung keinen gewöhnlichen Stein, sondern einen runden Gegenstad, welcher gelb schimmerte und mit der Zahl 1 beziffert war. Ich war erstaunt, denn so etwas hatte ich bis dato noch nie gesehen. Ich war zwiegespalten zwischen der Neugier und der Angst, Ärger zu bekommen. Ich schaute rasch umher, um mich zu vergewissern, dass mich keiner beobachtete. Als ich davon überzeugt war, dass kein anderer in meiner Nähe war, schoss meine Hand blitzschnell zu Boden, griff nach dem schon bald alles verändernden Gegenstand und schob ihn, so tief es ging, in die Hosentasche.

**

Der Jugendappell wurde von vielen *JA* genannt. Bliss Liberty gab vielen Dingen Abkürzungen, die in sich keinen Widerspruch zuließen. So auch beim Jugendappell, um deutlich zu machen, dass kein *Nein* geduldet wurde. Vor allem nicht von den jungen Libertanen. Als ich ankam, waren bereits zwei Klassenkameraden von mir da, die mich mit dem Satz *„Bliss Liberty lässt dich grüßen"* empfingen, wie es sich gehörte. Ich gab den Satz zurück und unterhielt mich mit ihnen.

Natürlich erzählte ich ihnen nichts von meinen täglichen Besuchen am Zaun und meinem seltsamen Fund im Wald. Als alle Knaben da waren, sprach der Guru zu uns. Er war der mächtigste Mann in ganz Bliss Liberty. Wer ihn nicht anhörte, wurde mit dem Sündenstuhl bestraft. Man sagte, wer auf dem Sündenstuhl war, würde nie mehr bei uns aufgenommen werden. Unser Guru war nicht sehr groß und er hatte helles langes Haare, die immerzu seine Ohren versteckten. Als kleiner Junge hatte ich große Angst ihm in die Augen zu schauen, denn ich sah nichts als Leere darin und die schwarzen Pupillen zogen einen in den Bann, der von tiefer Sehnsucht geprägt war und einem das Gefühl vermittelte, nie wieder Freude empfinden zu können. So vermied ich bei *JA*s meinen Blick zu heben, wenn der Guru kam. Meinem Vater gefiel mein Verhalten, denn er glaubte, ich zeige mich demütig gegenüber dem Mann, der uns das Leben geschenkt hatte. So dachte ich es früher.

Nach der zweistündigen Rede des Gurus lief ich nach Hause zum Abendbrot. Mein Vater stand bereits vor der Tür, den Bambusstab in der linken Hand und seinen alten Ledergürtel in der rechten Hand und wartete auf mich. Ein sehr ernstgenommenes Gesetz war es, den Menschen selbst die Auswahl zu überlassen. Eine Ironie in sich, da man in Wahrheit bis ins kleinste Detail manipuliert wurde und unsere sogenannten eigenen Entscheidungen auf der Basis des Willens des Gurus bauten. So wurde man auch bei der Bestrafung nach dem Mittel gefragt, mit welchem man bestraft werden wollte. So züchtigte er mich mit dem von mir ausgesuchten Gürtel, weil ich, seiner Meinung nach, getrödelt habe und die Zeit nicht sinnvoll genutzt hätte.

Mit der Zeit habe ich gelernt damit umzugehen. Ich habe zahlreiche Dinge ausprobiert, um dem Schmerz Stand zu halten. Ich fing an, mir schöne Dinge vorzustellen, soweit ich welche kannte oder die Hiebe zu zählen. Nichts half, also gab ich bald die Suche nach Lösungen auf und gab mich meinem Schicksal hin.

Als mein Vater zum Nachtgebet ins Zentrum ging, nutzte ich die Chance und sprach mit meiner Mutter. Ich befahl ihr mich anzuhören, wie es mein Vater mir beigebracht hatte. Er meinte immer, dass Bliss Liberty so fabelhaft wäre, da es verstünde, dass Frauen nur geboren werden, um einen Jungen zu gebären. Außerdem meinte er einst zu mir, dass Familien einen höheren Rang bekommen, wenn in der Familie ein Sohn zur Welt kommt. Ab diesem Zeitpunkt gilt, dass eine Frau keine Geburt mehr vollbringen darf, um nicht die Ehre des Sohnes zu beschmutzen. *Ich* war der so lange erhoffte Sohn meines Vaters, nach der Geburt meiner älteren Schwester.

Mein Vater versuchte unsere Familienehre als Familie mit rein männlichen Nachkommen zu schützen und preiste meine Schwester im Alter von acht Jahren zur jährlichen Versendung an. Der Guru allein entschied, welches angepriesene Kind in die große Welt ausgesandt wurde. Für den Guru damals ein Mittel der Machtdemonstration. Heute sehe ich diese Entsendung als den einzigen Freiheitsspruch, den ein Mädchen in Bliss Liberty erhalten konnte. Als in diesem Sommer meine Schwester ausgesucht wurde und somit unsere Familie ein höheres Ansehen erlangte, weil keine weiblichen Nachkommen mehr vorhanden waren, schenkte mein Vater mir vor lauter Freude ein Buch über die weiten Welten auf der anderen Seite des Zauns. So erfuhr ich zum ersten Mal in meinem Leben, dass es eine Welt außerhalb vom Zaun gab, in der Menschen, wie du und ich leben. Seit diesem Zeitpunkt war ich vernarrt in das Buch und wollte stets mehr über die Welt da draußen erfahren. Als mein Vater eines Tages bemerkte, mit wie viel Freude ich das Buch las, nahm er es mir weg und verbrannte es. Für ihn war das Buch ein Test, ob ich der Außenwelt widerstehen konnte und mich für die Utopie von Bliss Liberty entscheiden würde.

Einen Test, den ich nicht bestand.

**

Während meine Mutter sich hinsetzte, nachdem ich sie aufgefordert hatte mich anzuhören, spielte ich nervös mit meinen Händen. Ich wusste, dass sie verpflichtet war, all meine Fragen dem Vater zu berichten. Trotzdem überwand ich mich zu einer gefährlichen Frage.

„Warum bist du dem Ruf der Libertanen gefolgt, Mum?", fragte ich langsam mit vorsichtiger Stimme. Ich saß mit meiner Mutter in der kleinen Küche, wo wir die meiste Zeit verbrachten, wenn wir im Haus waren. Sie hob erstaunt den Kopf und schaute mich mit ihren, schon vor langer Zeit, erloschenen Augen an und musterte meine Hände.

„Ach Liebling, du weißt doch, dass du dir stets für den Guru die Hände waschen sollst", sagte sie zu mir mit keinerlei Ausdruck in der Stimme. Sie sagte diesen Satz fast tagtäglich immer wieder zu mir, obwohl meine Hände strahlend sauber waren.

„Mum, hast du gehört, was ich gerade gesagt habe? Mum!", rief ich jetzt mit einer lauteren und bestimmteren Stimme.

„Ich bin geboren, um Bliss Liberty anzugehören. Sie prüfen einen, während man unter den Lebenden weilt, um einen dann im Paradies zu belohnen. Das Innere des Zauns ist das einzig Richtige auf diesem Planeten. Alle Ungläubigen da draußen werden niemals so belohnt werden, wie einer von uns. Sie sind alle nur Nebenprodukte Gottes, bei dem Versuch einen von uns zu erschaffen."

Die Worte kamen ihr ohne Emotionen oder Euphorie über die Lippen geglitten. Als hätte sie die Sätze schon vor geraumer Zeit immer wieder gehört und sich diese tief in ihren Kopf verwurzelt hatten, ohne dass die Möglichkeit besteht sie davon zu befreien. Mir schoss eine Frage in den Kopf, doch ich wagte nicht sie zu stellen. Mir gefror das Blut in den Adern und die Frage wurde immer lauter in meinem Kopf.

Was ist mit deiner Familie passiert? WAS IST MIT DEINER FAMILIE PASSIERT? Die Stimme in meinem Kopf schrie förmlich, bis es unerträglich für mich wurde.

„Was ist mit deiner Familie passiert?", schoss es mir blitzartig über die Lippen. Ich erschrak vor meinen eigenen Worten – und vor der Antwort, die mir bevorstand.

„Bliss Liberty ist meine echte Familie. Falls du meine Erzeuger meinst, dann weiß ich nicht viel über sie. Sie waren selbst schuld. Sie hatten es nicht anders verdient. Ungläubige waren sie! Sie hatten Dämonen in ihren Köpfen, die ihren Verstand bereits unter Kontrolle hatten. So befreite mich mein Erzieher nur von ihnen", antwortete mir meine Mutter mit einem Ausdruck der Schwäche. Da war noch was in ihrem Blick, was mir eiskalt den Rücken hinunterlief. Es war Wut. Wut, die ich bis zu diesem Zeitpunkt noch nie in meiner Mutter gesehen hatte. Ich wusste, dass meine Mutter nicht von alleine weiterreden würde, also wiederholte ich meine Frage mit einem harten Unterton.

„Was ist mit *ihnen* passiert?"

„Sie sind wahrscheinlich alle tot. So wie ich meinen Erzieher kannte, schaffte er solche Ungläubigen meistens aus dem Weg", sagte sie.

„Alle, die mich in der Welt da draußen geliebt haben, alle die von meiner Entführung wussten. Die Blocker haben sie getötet. Blocker, die die Aufgabe haben, Bliss Liberty in seiner Vollkommenheit zu beschützen. Das haben sie getan und diese Ungläubigen dorthin befördert, wo sie hingehören. Weit weg von unserem *Paradies!*"

Das letzte Wort kam ihr nur schwer über die Lippen, als glaubte sie selbst nicht, was sie sagte. Mir wurde kalt. Sehr kalt, als wäre ein Schneesturm durch unsere kleine Küche gefegt. Meine Beine fühlten sich eiskalt an und gaben nach. Alles war dunkel.

Das Nächste, was ich wahrnahm, war die wütende Stimme meines Vaters:

„Lieg hier nicht rum, wie ein nasser Kartoffelsack!", brüllte er auf mich ein.

„Hilf mir bei der Holzarbeit im Wald".
„Was ist passiert? Wo ist Mum?", stotterte ich vollkommen orientierungslos.
„Dieser Schwachkopf von Frau hat dir Dämonen in den Kopf gesetzt, bis du ohnmächtig wurdest. Sie ist da, wo sie hingehört. Auf dem Sündenstuhl!"

Ich erschrak so heftig, dass ich mich fast an meiner eigenen Zunge verschluckte.
„Oh mein Gott. . . Wann. . . wann darf sie wiederkommen?", rief ich, während ich immer noch auf dem Boden in der Küche lag und kaum Luft bekam.
„Es gibt kein Wiedersehen von uns und dieser Sündengestalt. Sie hat meinem einzigen Sohn Flausen von der falschen Welt da draußen erzählt. Das ist Verrat!!", polterte er los und wurde puterrot im Gesicht, als bekäme er keine Luft mehr. Endlich gewann ich meine Stimme zurück und schrie aus ganzem Leibe.

„Ich war es, der sie dazu aufgefordert hat! Ich wollte, dass sie mir davon erzählt! Sie stand unter *meinem* Gehorsam!"

Mein Vater musterte mich schweigend und schmunzelte.

„Keine Angst, du stehst immer noch unter dem Einfluss der Dämonen deiner Mutter. Diese Gedanken werden bald vorübergehen. Ich erlaube dir, dich für eine Stunde hinzulegen und danach verlange ich, dass du die noch übrig gebliebenen Dämonen in deinem Kopf unter Kontrolle hast."

Er lächelte mich an, doch es war kein freundliches Lächeln. Es war ein verachtendes Lächeln. Erst jetzt bemerkte ich das Blut auf dem Boden der Küche. Es war viel Blut. Die letzten Spuren meiner Mutter. In diesem Moment wurde mir eines klar:

Ich war auf mich allein gestellt.

Bliss Liberty 1998

Seit dem Verschwinden meiner Mutter hatte sich mein Vater komplett verändert. Bei Bestrafungen schlug er immer fester zu, wodurch mein Körper mit Narben übersät wurde. Anstatt ihm zu gehorchen, um weitere Schläge zu vermeiden, kam ich beabsichtigt zu spät nach Hause, wusch mir meine Hände nicht und den Blick hob ich nun auch gegenüber dem Guru. Ich bat geradezu um weitere Gründe mich zu züchtigen. Meine innere Stimme hörte erst auf zu schreien, wenn ich der Meinung war, für den Moment genug bestraft worden zu sein. Die Gewissensbisse wegen meiner Mutter wurden immer stärker und ließen einfach nicht nach, doch mit jedem Schlag, mit jedem Tritt, mit jedem Hieb dachte ich, dass ich es immer mehr verdiente, bestraft zu werden.

**

Ich war nur noch selten am Zaun, aber den runden Gegenstand, den ich vor genau einem Jahr gefunden hatte, trug ich stets in meiner rechten Hosentasche bei mir. Er besaß etwas Geheimnisvolles und Stärkendes. Im Laufe des Jahres formten sich immer wieder verschiedene Geschichten um die Entstehung der kleinen runden Metallplatte. Ich stellte mir vor, wie ein Stück der goldenen Seele des Gurus vom Wind weggetragen wurde und mich aufgesucht hatte. Es könnte eine Probe sein, die testen sollte, ob ich dem Glanz widerstehen konnte und sie dem Guru zurückbrachte. So wurde ich aber unsicher und zweifelte daran, das Geheimnis des Gegenstandes zu bewahren, weshalb ich mich dazu entschied, nicht weiter an diese Geschichte zu glauben. An den meisten Tagen vergaß ich aber die Existenz des wundersamen Dinges komplett. Bis zu dem Tag, der alles veränderte.

**

Ich kam zu spät nach Hause, nachdem ich beim *JA* im Zentrum war. Mein Vater stand nicht, wie sonst vor der Tür, sondern wartete in der Küche auf mich. Der Herd war an, obwohl kein Topf darauf stand. Ich wusste, was mich nun erwartete, doch ich machte keine Anstalten mich unterwürfig zu verhalten. Ich hob den Blick und suchte den Augenkontakt mit meinem Vater.

„Werde ja nicht respektlos, Junge. Ich habe es satt! Dich bringt man nicht einmal mit dem Gürtel zur Gehorsamkeit. Jetzt herrscht ein anderer Ton bei uns."

Ich war überrascht von den vielen Worten meines Vaters. Er hatte seit Wochen nicht so viel geredet, wie in dieser Minute. Hinter mir hörte ich Schritte vor unserem Haus, die immer lauter, immer klarer, immer stärker wurden. Ich drehte mich um, aber bevor ich sehen konnte, wer die Gestalt war, hatte ich bereits den ersten Schlag erhalten. Direkt ins Gesicht. Direkt in die Seele. Es wirkte wie Löschwasser gegen meine, immer noch lodernden, Flammen der Gewissenslast. Der Schlag hatte so viel Kraft, dass ich zur Seite schwankte, mein Kopf auf die heiße Herdplatte fiel und zu Boden stürzte. Es folgten Tritte, sehr viele Tritte. Irgendwann habe ich aufgehört zu zählen, doch ich bemerkte, dass die Ausführungen der Gewalt gekonnt waren.

Bei meinem Vater versuchte ich oftmals den Schmerz zu verdrängen und an etwas Schönes zu denken, doch in diesem Moment breitete sich eine große schwarze Leere in mir aus. Die Leere und den immer größer werdenden Schmerz. Ich merkte, wie die Last, die nun seit so vielen Monaten auf mir lag, von mir fiel. In meinem Kopf machte es Knack. Und nochmal Knack. Knack.

Ich werde sterben. Genau hier. Hier wo das Blut meiner Mutter vergossen wurde. Hier in unserem Haus, in unserer Küche. Hier im Inneren des Zauns. Ich stellte mich auf den letzten Atemzug meines Lebens ein. Ich schmeckte Blut in meinem Mund, das mir den Rachen hinunterlief.

„Ich glaube das reicht, damit er zur Vernunft kommt! Danke, dass du da warst, Jordan. Grüß deine Kinder von mir", hörte ich die Stimme meines Vaters sagen.

Und mit diesem Satz hörten die Qualen auf und es wurde still.

Ich verstehe bis heute nicht, woher mein Vater diese starke Überzeugung an Bliss Liberty nahm, um deren Regeln über jegliche Moral und jeglichen Menschenverstand zu stellen.

Bliss Liberty 1999

Die Wunde an meiner Schläfe wurde zu einer Narbe. Eine Narbe, die mich daran erinnern sollte, niemals mehr respektlos zu sein. Selbst drei Monate später spürte ich noch jedes Mal den Schmerz der letzten Tortur, wenn ich mit den Fingern über die Narbe strich. Ich lief gerade zum Haus des Mannes, dem ich diese Narbe zu verdanken hatte. Ich sollte mich auf Wunsch meines Vaters bei ihm bedanken, dass er mich, so scheint es, zur Vernunft brachte. Innerlich fühlte ich nichts als Wut auf meinen Vater, den Mann namens Jordan, der als Blocker tätig war, und auf alle anderen, die den Libertanen angehörten. Ich klopfte dezent an die Haustür, trat zwei Schritte zurück und senkte den Blick.

„Na, wen haben wir denn da? Den Jungen, der zur Vernunft gekommen ist", begrüßte mich der Mann an der Türe mit gekünstelter Stimme und einem hämischen Grinsen auf dem Gesicht. Mit leicht vor Wut bebender Stimme antwortete ich mit dem Satz, den mein Vater mir kurz zuvor eingebläut hatte.

„Ja ich bin dank Ihnen zur Vernunft gekommen. Ich wollte mich ebenfalls entschuldigen, dass Sie wegen mir diesen Umstand hatten und nach Sonnenuntergang noch außer Haus sein mussten. Deshalb möchte ich Sie heute Abend zu uns zum Essen einladen!"

In mir brodelte es vor Wut, doch ich ließ mir nichts anmerken. In den letzten Wochen musste ich erkennen, dass Bliss Liberty und deren Anhänger zu mächtig waren.

Man hatte die Wahl. Wie so oft bei uns: Entweder gehorchen oder sterben!

„Diese Einladung nehme ich doch gerne an", sagte Jordan, entzückt von meiner Unterwürfigkeit.

„Ich werde meine Tochter mitnehmen. Dann hast du was zum Spielen!", fügte er hinzu, zwinkerte mir zu und schloss die Türe.

Als ich darüber nachdachte, was er mit dem letzten Satz gemeint hatte, wurde mir schlecht und ich rannte in den Wald. Ich fiel auf die Knie und während ich mich erbrach, kamen mir die Tränen. Ich ließ den Tränen freien Lauf, wie ich es niemals zuvorgetan hatte, denn ich war allein. So allein.

**

Nach dem Beten im Zentrum gingen Vater und ich nach Hause und warteten auf unseren Gast. Als es zehn Minuten später klopfte und Jordan in einem blauen Anzug aus Seide vor der Tür stand, konnte ich mir ein leichtes Schmunzeln nicht verkneifen, denn Blocker trugen für gewöhnlich eine Uniform von Bliss Liberty. Kurz darauf bereute ich meine kurze Respektlosigkeit, da er mich blitzschnell am Arm packte und mit seinem Zeigefinger auf die frische Narbe drückte. Der Schmerz ließ nicht lange auf sich warten, dass mir nichts Anderes übrigblieb, als mir auf die Zunge zu beißen, um die Tränen zu verhindern, die mir bereits in die Augen geschossen waren. Ein leichter Schubs reichte, dass ich auf dem Boden landete. Während ich zu Boden sackte, hörte ich etwas

Klirrendes. Ich versuchte, das Geräusch zu zuordnen, doch ich war zu langsam. Mein Vater erblickte den goldenen Gegenstand, der mir gerade aus der rechten Hosentasche gefallen war zuerst. Man konnte zuschauen, wie die Farbe aus seinem Gesicht verschwand. Er blickte mir tief in die Augen und schaute dann auf Jordan und seine Tochter, die hinter ihm stand und wie ihr Vater unentwegt auf das strahlende Ding schaute. Keiner traute sich etwas zu sagen, bis die Tochter des Blockers das Schweigen brach.

„Was ist das?", flüsterte sie.

„Sei still und gehe nach Hause. *SOFORT!*", befahl ihr der Vater. Als das Mädchen das Haus verlassen hatte, kam Jordan ganz langsam auf mich zu und baute sich noch mehr vor mir auf, als er es sonst immer machte.

„Woher hast du das? Warst du am Zaun? Hast du mit Leuten hinter dem Zaun gesprochen? Weißt du, was das ist?", fragte Jordan mit betonender Stimme. Ich war überrascht von der Stille, die im Raum herrschte. Ich rechnete mit weiteren Schlägen. Unsicher, ob ich alle diese Fragen beantworten sollte, stammelte ich nur:

„Gefunden! Also ich habe das gefunden. Im Wald!"

„Lüg mich ja nicht an! So etwas findet man nicht auf dem Boden von Bliss Liberty!", rief Jordan.

„Ich war in der vierten Zone, in der Nähe vom Zaun. Ich sollte Brennholz holen. Was ist das denn?", fragte ich verwirrt.

„Dies ist eine Münze! Du dummer Junge. Ein besudelter Gegenstand der Ungläubigen, der Sünder. Die benutzen es, um ihre Macht auszudrücken. Egal wer es besitzt. Derjenige ist mächtig. Mann–Frau–Kind! Verstehst du?", kam es meinem Vater über die Lippen.

Ich verstand.

„Nimm die Münze und wirf sie, soweit du kannst, über den Zaun! Hiermit genehmige ich dir, dass du die vierte Zone verlassen darfst und bis zum Zaun gehen darfst", fügte er hinzu und setze sich auf den Küchenstuhl.

Während ich auf dem Weg zum Zaun war, dämmerte es bereits. Die letzten Worte meines Vaters schwirrten in mir umher.

Mann...Frau...Kind

Diese Worte sorgten für neue Gefühle in mir. Es gab eine Welt da draußen, die durch eine Gleichstellung jedes einzelnen geprägt ist. Es breitete sich in mir Neid auf die Leute dieser Welt aus. Sie konnten so leben, wie sie wollten. Da schaute ich in die Pfütze neben meinem linken Fuß. Ich erkannte mein verschwommenes Spiegelbild darin. Plötzlich spürte ich einen Gefühlsumschwung in meinem Körper und es kam mir vor, als fühlte ich mich glücklich. Ich fing an zu schmunzeln.

„Ich war ein Junge, bald schon ein Mann. Ich werde auch als Libertane gut behandelt werden. Ich brauche keine Münze, um meine Macht auszudrücken. Ich hatte bereits das richtige Geschlecht. Ich werde gut behandelt werden. Mit Respekt. Schon bald", hörte ich die Stimme in meinem Kopf sagen.

„Schon bald!", sagte ich nun mit kräftiger Stimme.

„Schon bald!"

Die Worte klangen in meinen Ohren, als hätte ein Fremder sie ausgesprochen. So entfernt war meine Überzeugung im Innersten von den Worten, die bis gerade eben in meinem Kopf umherschwirrten. Meine gerade erst erschienene Freude verschwand. So schnell, wie sie gekommen war.

Ich erreichte den Zaun. So nahe war ich noch nie am Zaun gewesen. Er kam mir so viel größer, so viel höher und so viel mächtiger vor, als an den Tagen vor einigen Wochen, als ich zuletzt hier gewesen war. Ich holte die Münze aus meiner Tasche und ließ meine Fingerspitzen das letzte Mal über die Wölbungen und Einkerbungen gleiten. Ich versuchte sie zu verbiegen, doch ich war zu schwach oder die Münze zu stark. Ich hob meine Hand, mit der ich die Münze fest umklammert hielt und holte aus zum Wurf.

**

„Tu es nicht!"

Die Stimme riss mich, wie ein Schlag aus meinen Gedanken an die fremde so weit entfernte Welt. Ich drehte mich um und sah sie. Sie war in meinem Alter und trug ein knielanges weißes Kleid mit Blumen darauf. Ihre Augen waren smaragdgrün und eine schwarze Locke fiel ihr über die Stirn. Ihre restlichen Haare hatte sie zu einem Knoten nach hinten gebunden, doch man sah, dass sie sehr lang sein mussten. Und plötzlich fiel es mir auf. Ich kannte sie. Sie war die Tochter des Blockers, der mir befohlen hatte die Münze über den Zaun zu werfen.

„Solltest du nicht sofort nach Hause gehen? Brichst du etwa den Gehorsam deines Vaters", wollte ich zu ihr sagen, doch alles was ich laut aussprach war:

"Warum? Also warum soll ich es nicht tun?"

„Es ist das Einzige, was du jemals von der Welt da draußen besessen hast und jemals besitzen wirst. Ich habe gehört, was dein Vater darüber erzählt hat. Es ist ein Gegenstand der Hoffnung. Es gibt uns die Kraft, an das Gute in uns zu glauben. Vergiss das nie, es gibt in jedem von uns einen guten Teil, auch wenn er nur so groß ist wie der Kopf einer Stecknadel. Er kann wachsen."

Ihre Stimme klang, wie die eines Engels. Sie sprach leise, aber nicht zu leise und zugleich laut, aber nicht zu laut. Ich war wie festgewachsen und wusste nicht, was ich nun tun sollte. Während ich so da stand, drehte sie sich um und ging.

„Warte! Bitte. Was soll ich denn sonst tun, wenn ich sie nicht wegwerfe? Mit zurück nach Hause? Niemals!"

„Vergrabe es an einer Stelle, die du dir gut merken kannst. So ist es weg und doch noch bei uns. Es wird uns weiterhin die nötige Kraft geben", sprach sie mit immer noch ruhiger Stimme. In dem Moment ergaben ihre Worte Sinn für mich und ich entschied, das Geheimnis der Münze fortzuführen und sie zu vergraben.

**

„Warum hast du so schmutzige Hände", fragte mein Vater, als ich kurze Zeit später zu Hause ankam. Die Kraft in seiner Stimme hatte nachgelassen und er wirkte schwach und müde.

„Ich...ich bin hingefallen", antwortete ich mit gespielter Gleichgültigkeit. In den Augen meines Vaters erkannte ich sofort, dass er mir diese Geschichte nicht glaubte, doch zu meinem Überraschen erwiderte er nichts.

„Lass uns diesen Abend mit all seinen Geschehnissen und Lügen vergessen und normal weiter leben", sagte er zu mir, während er in sein Schlafzimmer ging. Ich setzte mich auf einen Stuhl in der Küche und dachte über den Abend nach.

„Normal"

So beschrieb mein Vater unser Leben. Natürlich kannte ich kein anderes Leben bis zu diesem Zeitpunkt, sodass der Begriff selbstverständlich auch mein Leben beschrieb. Ich gab mich an diesem Abend zufrieden mit dem Gedanken, dass das Leben in Bliss Liberty für mich zur Normalität gehörte, doch im Vergleich mit der anderen Welt nicht normal ist.

Dabei war ich mir sicher.

**

Seit diesem Abend verlor mein Vater Tag für Tag seine Kräfte und schlug mich nur noch selten. Es war, als hätte der Anblick der Münze ihm seine Lebensenergie gestohlen. Er bekam die gleichen, stumpfen Augen, die einst meine Mutter hatte. Viele Klassenkameraden von mir bereiteten sich bereits auf deren sechzehnte Geburtstage vor. Sie prahlten schon Monate vor dem großen Tag von ihrem Geschenk. Mich interessierte mein Sechzehnter nicht, oder besser gesagt: Ich wollte ihn nicht wahrhaben. Während die Väter der anderen ihre Söhne motivierten, sprach mein Vater kein einziges Wort über meinen Geburtstag. Doch als mein großer Tag immer näher rückte, und meine Klassenkameraden mich immer mehr aufzogen, sprach ich eines Abends meinen Vater darauf an.

„Vater, ich weiß, dass du momentan nicht gerne redest, aber ich will etwas über meinen bevorstehenden Geburtstag erfahren? Meine Freunde spotten über mich, weil ich ihnen nichts erzählen kann über mein Geschenk. Warum besitzen die Geschenke Namen, Dad?"

„Dein Geschenk heißt Polly", antwortete mein Vater, ohne von seinen *Bliss-News* aufzuschauen.

„So wie die Tochter des Blockers Jordan heißt?", vergewisserte ich mich.

„Ja genau so", antwortete mein Vater und blickte mir nun direkt in die Augen. Aber nur für einen kurzen Augenblick. Dann widmete er sich wieder seiner Zeitung.

„Ja, aber warum haben denn Geschenke Namen?", hakte ich nach, doch ich bekam auf diese Frage keine Antwort mehr.

**

Als ich am nächsten Tag meinen Freunden berichtete, dass mein Geschenk Polly heißt, ohne wirklich zu wissen, warum ausgerechnet das Geschenk zum sechzehnten Geburtstag einen Namen trug, war ich stolz wenigstens irgendetwas darüber zu wissen.

„Es tut mir leid, aber ich verstehe nicht wirklich, warum man Gegenständen Namen gibt?", gestand ich meinen Kameraden. Ich wollte endlich eine Antwort auf die Frage.

„Wisst ihr, warum das so üblich ist?"

„Schön gesagt, Gabriel. Wirklich schön gesagt. Es sind nur Gegenstände mit Namen. Das muss ich mir merken", rief mir unser Lehrer mit einem Schmunzeln im Gesicht zu. Die anderen Jungen lachten.

Auf dem Heimweg versuchte ich in meinem Kopf Ordnung zu schaffen. So viele offene Fragen kreisten umher. Die Blocker wohnten mit ihren Familien in der zweiten Zone, deshalb war es nicht selten, dass man Familienangehörige von ihnen traf. So auch an diesem Tag. Allerdings war ich so in meine Gedanken vertieft, dass ich ohne aufzublicken an ihr vorbeilief. Erst mein eigener Name holte mich zurück in die Gegenwart, der von einer Stimme gerufen wurde, die der Stimme eines Engels ähnelte.

„Gabriel? – Du bist es doch! Und, hast du es vergraben?"

„So wie du gesagt hast, Polly", antwortete ich ihr. Und dann wurde innerhalb einer Sekunde alles klar und jede Frage fand in meinem Kopf die passende Antwort.

„Polly!", wiederholte ich, aber dieses Mal mit einem schrecklichen Schrei.

„Du bist mein Geschenk!"

Tränen verschleierten meinen Blick und ich spürte, wie jemand meine Hand packte und mich in den Wald zog. Es war Polly. Mein Geschenk.

„Du darfst nicht weinen. Hör auf! Was ist, wenn dich jemand sieht!"

Ihre Stimme klang hektisch und besorgt. Sie zerrte mich hinter die alte Hütte am Wegesrand.

„Ich weiß es bereits. Mein Vater hat es mir verkündet. Ich werde mein restliches Leben unter deinem Gehorsam stehen. Du musst mich an deinem sechzehnten Geburtstag gefügig machen. Jeder Junge wird an seinem sechzehnten Geburtstag zum Mann, indem er eine Frau bekommt, die unter ihm steht und somit unter seinem Gehorsam. Dein Vater musste mich als deine Frau akzeptieren, zum Dank dafür, dass mein Vater dich nicht an den Guru ausgeliefert hat, nach der Geschichte mit der verbotenen Münze. Mein jüngerer Bruder Samiel ist stinksauer, weil er dich nicht als richtige Führungsperson für mich sieht. Also musst du ihnen beweisen, dass du den Willen hast über mich zu herrschen. Sonst werde ich jemandem anderen zugewiesen und du bekommst keine zweite Chance. Nur wenn du es schaffst sie zu überzeugen, gehöre ich dir. Das ist die einzige Möglichkeit von hier wegzukommen. Zusammen. Du und ich."

„Du willst fliehen?", fragte ich erstaunt.

„Sie werden uns töten, wenn sie uns erwischen."

„Ja, aber hier werden wir mit der Zeit auch sterben. Innerlich, aber wir werden sterben, ohne je gelebt zu haben", fügte sie hinzu.

„Ok!", hauchte ich. Zu mehr hatte ich nicht die Kraft.

„Ok".

Zitternd lief ich nach Hause und taumelte ins Bett. Ich bemerkte nicht einmal mehr, dass mein Vater nicht zu Hause war.

Am nächsten Morgen wachte ich nicht wie gewöhnlich von den ersten Sonnenstrahlen auf, sondern von einem fürchterlichen Gestank, der in der Luft lag. Mein Vater lag auf dem Boden neben meinem Bett mit einer umgekippten Flasche Whiskey. Mich erstaunte, dass mein Vater in meinem Zimmer eingeschlafen war. Früher hatte er meine Schwester und mich, als wir klein waren, immer verprügelt, wenn wir in *einem* Zimmer geschlafen haben. Es wäre eine Behinderung für unsere Seelen, sich während des Schlafes entfalten zu können. Ich saß auf meiner Bettkante und dachte an die Zeit mit meiner Schwester zurück, als er plötzlich die Augen aufschlug.

„Was fällt dir ein, mich beim Schlafen zu beobachten!", polterte er los.

„Und du wagst es etwa in meinem Zimmer zu schlafen!"

„Aber Dad, du bist doch in *meinem* Zimmer", versuchte ich ihn zu beschwichtigen.

„Kein Grund frech zu werden", sagte er. Dabei klang er allerdings, als merkte er seinen Fehler gerade selbst. Er stand auf, packte sich die Flasche und taumelte aus meinem Zimmer. Ich saß immer noch auf der Bettkante und ein Gefühl der Überlegenheit und Stärke durchströmte mich. Zum ersten Mal hatte mein Vater ein Fehler in meiner Anwesenheit gemacht und repräsentierte somit seine Schwäche und

Unvollkommenheit. Ich freute mich, dass ich für meinen Vater nicht nur eine Enttäuschung war, sondern er die Enttäuschung in diesem Augenblick war. Der Whiskeyfleck auf dem Boden fing an größer zu werden. Er breitete sich auf dem ganzen Boden aus und verdunkelte sich, bis er die Farbe Rot erreichte. Es sah aus, wie das Blut meiner Mutter in der Küche. Ich sah mein Spiegelbild in der Blutlache. Ich saß auf der Bettkante und hatte das Gesicht meines Vaters. Ich hatte ein Küchenmesser in der Hand, von dem noch das Blut hinunter tropfte. Auf meinem Gesicht erkannte ich ein breites Lächeln und ich lachte hämisch.

„Zum Zwinger! Zum Zwinger!"

Eine Stimme drängte sich in meine Gedanken. Meine Augenlieder öffneten sich. Ich lag schweißgebadet in meinem Bett, auf meinem Boden einzig allein mein roter Teppich. Keine Spur von dem Blut meiner Mutter. Die Sonne stand bereits im Zenit.

„Beweg dich, Junge! Heute wird ein schöner Tag!", hörte ich die Stimme rufen. Es war mein Vater, der bereits aufgestanden war und nun im Garten stand. Ich ging zu ihm.

„Da bist du ja endlich", empfing mich mein Vater im Garten. „Ich war gestern Abend beim Guru zum nächtlichen Gebetstreffen. Er gab mir das hier!"

Er hielt mir eine Pistole hin.

„Sie ist für dich, hat er gesagt. Du wirst jetzt bald ein Mann und sollst hiermit deine Kindheit abschließen", schloss er.

Ich runzelte die Stirn, weil ich nicht wusste, was mein Vater damit sagen wollte.

Verunsichert griff ich nach der Waffe und fügte fragend hinzu: „Danke, es ist wirklich eine große Ehre für mich meine Kindheit mit einem Teil des Gurus zu beenden. Aber wie kann ich das anstellen? "

„Ach Junge, stell dich doch nicht so dumm an. Zu deinem sechsten Geburtstag hast du etwas ganz besonders zum Spielen geschenkt bekommen, was deine Kindheit symbolisiert hat. Da du jetzt, zehn Jahre später, etwas Anderes zum Spielen bekommst, was dich zum Mann macht, musst du dein altes Geschenk beseitigen", erklärte er mir, zwinkerte mir zu und schlug nun feierlich in die Hände. Er trat einen Schritt zur Seite und zeigte auf etwas hinter ihm. Mein Blick folgte seinem Finger und blickte geradewegs auf meine Hündin Sky, mein Geschenk zum sechsten Geburtstag. Sie stand im Zwinger und wedelte mit ihrer Rute, da sie mich nun gesehen hatte. Mir stockte der Atem und meine Knie fingen an zu zittern.

„Na dann, lass die Zeremonie beginnen. Zeig mir, ob du schon für ein eigenes Mädchen bereit bist. Fang an zu schießen - oder willst du etwa nicht?", fragte mich mein Vater mit durchdringender Stimme. Mir fielen Pollys Worte ein. Ich musste meinen Vater davon überzeugen, dass ich die richtige Führungsperson für Polly war. Wenn ich es nicht schaffen sollte ihn zu überzeugen, würde Polly einem anderen Jungen zugewiesen werden und ich könnte nicht mit ihr fliehen.

„Doch, ich bin stark genug", brachte ich mit Mühe heraus. Ich hob die Waffe mit zittriger Hand. Mein Vater lachte. Ich schloss die Augen und drückte ab.

„Was machst du denn? Du bist ja verrückt! Jahrelanges Training dafür, dass du nicht mal aus einer Entfernung von drei Metern ein Ziel triffst", brüllte mein Vater und drehte sich um. Ich hatte am Zwinger vorbei, direkt in den offenen Wald geschossen. Sky jaulte auf und legte sich am Ende des Zwingers auf den Boden. Ich sah Angst in ihren Augen, welche mich fragend musterten.

„Ich gehe zu Jordan. Er muss sich wohl einen anderen Schwiegersohn aussuchen", rief mir mein Vater mit dem Rücken zu mir zu. Er lief kopfschüttelnd zum Haus.

Ein ohrenbetäubender Knall brachte mich endgültig auf die Knie. Ich sah meinen Vater mit aufgerissenen Augen an und beobachtete, wie seine Miene sich aufhellte und er in die Hände klatschte. Ich schaute zu Sky, die in ihrer Blutlache lag und betrachtete die Wunde, aus der ihr Leben immer mehr herausfloss.

„Na dann muss ich ja wohl doch nicht zu Jordan. Gut gemacht, mein Sohn!", sagte mein Vater fröhlich und ging nun endgültig ins Haus. Ich stand auf und lief zum Zwinger. „Wer war das? Wer hat meinen Hund getötet?", schwirrte es mir im Kopf herum.

„Psst. Gabriel. Hier drüben, hinter dem Baum", hörte ich eine Stimme flüstern. Ich schaute mich um. Mit tränenverschleierten Augen erkannte ich die Umrisse eines Mädchens mit einer Waffe in der Hand.

„Was hast du getan, Polly?", entfuhr es mir.

„Du hast meinen Hund getötet. Meinen einzigen Freund, den ich je hatte. Ich hoffe, dass dir jemand mal genauso weh tut, wie du mir gerade weh getan hast!"

Sie kam auf mich zu, doch ich schubste sie zurück und lief ins Haus. Sie rief mir etwas nach, doch ich war bereits im Haus und knallte die Türe hinter mir zu. Ich kroch zurück ins Bett und versuchte mir ein Leben ohne Qualen vorzustellen.

**

Es war bereits Abend als es an der Tür klopfte.

„Hallo Samiel. Wie kann ich dir helfen?", hörte ich meinen Vater sagen, als er die Tür öffnete.

„Meine Schwester Polly war heute zu spät zum Familienessen. Sie wollte mir weißmachen, dass sie bei deinem Sohn Gabriel war. Weißt du etwas davon?", antwortete Samiel.

Mein Vater rief mich zu sich an die Tür und fragte, ob das der Wahrheit entsprach. Natürlich war es wahr. Sie hatte zu dieser Zeit meinen Hund getötet. Ich wurde bei dem Gedanken an ihre Tat wütend.

„Nein, ich habe sie heute noch nicht gesehen", sagte ich knapp und ging in die Küche. Samiel entschuldigte sich für die abendliche Störung und ging. Ich dachte darüber nach, warum Polly so etwas Schreckliches tun konnte, als mir plötzlich ihre Worte des Vortages in den Sinn kamen. Vielleicht wollte sie somit nur unseren Plan schützen. Mein Vater wäre zu Jordan gegangen, wenn Sky noch am Leben wäre und gemeint, dass ich nicht gut genug für Polly wäre. Mit dem Tod an Sky ist nun weiterhin geheim, dass ich ein Feigling bin. Umso länger ich darüber nachdachte, was ich gerade mit meiner Lüge angerichtet hatte, desto größer wurde mein schlechtes Gewissen Polly gegenüber. Ich wusste, was Polly drohte, da sie angeblich ihre Familie belogen hatte. Ich musste verhindern, dass ihr wegen meiner Feigheit weh getan werde.

Es war schon dunkel, also brauchte ich die Erlaubnis meines Vaters aus dem Haus zu gehen. Ich ging zu ihm ins Wohnzimmer, doch er war bereits auf dem Sofa eingeschlafen. Mein Blick schweifte von ihm zu der Haustür. Bevor sich meine Gewissensbisse wieder in den Vordergrund drängen konnten, schlich ich zur Haustür, öffnete sie und rannte so schnell ich konnte in die zweite Zone zum Haus des Blockers Jordan. Ich hörte schon von weitem das Brüllen von Pollys Vater. Ich kam völlig außer Atem an und klopfte gegen die Tür. Man konnte Samiel flüstern hören und ein Gepolter, als würde etwas über den Boden geschliffen werden. Kurz danach öffnete Samiel die Tür und schaute mich überrascht von meinem späten Besuch an.

„Polly hatte nicht gelogen! Sie war tatsächlich bei mir. Ich habe nicht nachgedacht", rief ich außer Atem. Während Samiel mich musterte, fiel mein Blick auf seine Hände. Obwohl er ein Jahr jünger als ich war, hatte er kräftige Hände die einem erwachsenen Mann gehören konnten. Der Grund, weshalb ich auf seine Hände aufmerksam wurde, war allerdings nicht das kräftige Erscheinen, sondern das viele Blut, welches an ihnen klebte. Als hätte er mein Geständnis nicht gehört, fragte er mich: „Möchtest du einen Tee trinken? Es war ein langer Tag, bist du nicht müde?"

Mir wurde bewusst, dass es zu spät war und Polly bereits die Folgen meiner Lüge ertragen musste.

„Nein danke. Ich glaube, ich gehe wieder nach Hause", sagte ich leise und drehte mich um. Ich konnte Polly nicht mehr helfen.

„Richte bitte dem Guru morgen bei dem Jugendappell aus, dass meine Tochter nicht kommen kann. Die wird eine Weile wohl das Haus nicht verlassen können", rief Jordan vom Inneren des Hauses zu mir. Bei den Worten seines Vaters lachte Samiel hämisch und schloss schließlich die Tür. Jordans Worte löschten die restliche Hoffnung in mir.

Ich ging einige Schritte. Ich blickte nochmals zurück zum Haus und erblickte eine Gestalt am Fenster. Es war Polly. Ihr Gesicht war geschwollen und ihre Lippe blutete. Ihr liefen Tränen herunter, die sich mit ihrem Blut vermischten und auf ihr weißes Kleid tropften.

„Es tut mir so leid, Polly", flüsterte ich, obwohl ich wusste, dass sie mich nicht hören konnte. Meine Augen wurden wiederholt feucht. Zum zweiten Mal an diesem Tag und ich wusste, dass es nicht die letzten Tränen waren, die ich in naher Zukunft vergießen werde. Meine Tränen trockneten bereits, als ich zu Hause ankam, aber die geröteten Augen waren noch deutlich zu sehen.

„Einen Tag ohne Prügel und schon wirst du wieder unverschämt und verlässt ohne meine Erlaubnis das Haus nach Sonnenuntergang!", schrie mich mein Vater an, als ich zur Tür hereinkam.

„Denkst du wohl, du kannst deinen alten Herrn austricksen? Komm mit! Ich bring dich jetzt an einen Ort, an dem es für eine ganze Weile kein Licht mehr für dich geben wird. Nur so wirst du verstehen, weshalb man als Kind nichts in der Dunkelheit verloren hat. Es tut mir leid, mein Sohn."

„Aber ich muss doch morgen dem Guru ausrichten, dass...", fing ich an zu stammeln, doch es war bereits zu spät. Ich spürte einen Schlag auf den Hinterkopf und alles wurde schwarz.

**

Ich öffnete die Augen und versuchte mich zu orientieren. Mein Kopf pochte und meine Knie schmerzten. Ich sah nichts als die Dunkelheit. Ich rieb mir die Augen, doch kein Licht erreichte mich. Ich ertastete den eiskalten Boden. Ich fuhr mit meinen Fingerspitzen bis an das Ende des Raums. Vorsichtig stützte ich mich auf die schmerzenden Beine und tastete nach den Wänden. Das Zimmer war nicht größer als vier Quadratmeter. Mein Herz fing an zu pochen und ich bekam Angst.

„Hallo? Hilfe, bitte lass mich raus. Papa, es tut mir leid!", rief ich voller Panik. Ohne auf eine Antwort zu hoffen sank ich zu Boden und rollte mich zusammen. Ich bemerkte meinen kalten Atem und schloss die Augen.

Als ich wieder wach wurde, hatte ich keine Ahnung, wie lange ich geschlafen hatte, geschweige denn wie lange ich bereits in dem dunklen Raum war.

Jede Sekunde fühlte sich nach einer halben Ewigkeit an. Nach einer Weile machte sich mein Magen bemerkbar und fing an zu knurren. Ein solch unscheinbares Geräusch hörte sich in diesem Raum nach Brüllen an. In diesem Moment wünschte ich mir nichts sehnlicher als eine Reaktion der Außenwelt. Ich schloss erneut die Augen und sank in einen tiefen, von Schmerz erfüllten Schlaf. Mein Körper war selbst zum Träumen zu schwach. Ich vernahm nichts, außer der eisigen Kälte, die sich in meinem Körper ausbreitete.

Ich wurde von einem Licht geweckt, das so hell war, dass ich meine Augen nicht öffnen konnte. Ich hörte Schritte, die auf mich zu kamen. Ich rollte mich zusammen und hielt schützend die Hände über den Kopf.

„Hör auf zu schlafen, du Missgeburt. Ich hoffe, das macht dich wach!", sprach eine Stimme zu mir. Ich drehte vorsichtig den Kopf - hin zur fremden Stimme. Ich sah die Umrisse einer großen Gestalt, die mit einem gefüllten Eimer ausholte.

Das brütend heiße Wasser ergoss sich über meinen Körper. Ich schrie vor Schmerz und rang nach Luft.

„Steh auf! Dein Vater wartet auf dich. Drei Tage Dunkelkammer sind erstmal genug. Ich habe gehört, dass du bald Geburtstag hast. Na hoffentlich hast du bis dahin deine Lektion gelernt", sagte der Mann und brachte mich aus der Dunkelkammer.

**

„*Du* siehst ja scheiße aus, Gabriel!", rief mir am nächsten Tag lachend ein Junge aus meiner Klasse zu, als ich zum Guru ins Zentrum ging. Ich war müde und mein ganzer Körper schmerzte noch von der Tortur der letzten Tage. Mein Vater sagte am Tag zuvor nicht viel, als ich mich für mein Verhalten entschuldigte.

Er nickte bloß und sagte knapp:

„Es gibt Regeln, die nicht ohne Grund einzuhalten sind. Die Folgen des Regelbruchs kennst du nun gut genug. Pass ja auf, dass du nicht nochmal in die fünfte Zone gelangst. Die Dunkelkammer ist dort der noch angenehmste Platz. Lass uns nach Hause gehen, wir haben noch einen Geburtstag vorzubereiten."

Bliss Liberty 2000 / Noch 14 Tage

Jeder Junge erhält ein Einzelgespräch mit dem Guru, bevor er ein richtiger Mann wird. Ich war noch nie in dem Haus des Gurus. Es war mit Abstand das größte Haus in ganz Bliss Liberty.

Als ich ankam, öffnete mir ein junger Mann die Tür. Der Guru wartete bereits auf mich. Er stand im Foyer. An den Wänden hingen die Titelblätter der *Bliss-News* Ausgaben, auf denen der Guru zu sehen war. Da dies auf sehr viele zu traf, waren die kompletten Wände damit beklebt. Als ich seine Bilder musterte, fiel mir auf, dass sich sein Aussehen in den letzten Jahren überhaupt nicht verändert hatte. Seine Haare waren schon immer strohblond, was ungewöhnlich für die Libertane war, weil wir meistens dunkles Haar hatten. Selbst seine Gesichtszüge sind auf allen Bildern gleich. Keine Falte kam hinzu, geschweige denn....

„Da bist du ja endlich".

Die Worte des Gurus holten mich schlagartig aus den Gedanken.

"Dein Vater hat mir von deinen Ferien erzählt."

Er lachte mir spöttisch zu - mit Ferien meinte er die Dunkelkammer.

„Ich hätte gestern mehr Zeit für dich gehabt, aber da warst du ja zu beschäftigt. Deshalb müssen wir uns kurzfassen. Ich halte später noch eine Sitzung mit den Blockern. Sechzehnte

Geburtstage sind was Tolles, weil bei jedem einzelnen ein weiteres falsches Geschöpf endlich gezähmt wird."

Er lachte und setzte sich in seinen Sessel.

„Der Countdown der letzten zwei Wochen deiner Kindheit läuft. Damit du dir nicht vorher schon eine Kostprobe gönnst, erhält dein Geschenk bis zu deinem großen Tag einen Aufpasser. In deinem Fall ist es der Bruder deines Geschenkes. Samiel."

Mir stockte der Atem. Samiel wird nun Polly nicht von der Seite weichen, sodass wir unseren Fluchtplan nicht weiter planen können. Unser Plan war es, vor meinem Geburtstag zu flüchten, um ihr nicht wehtun zu müssen. Wir brauchten einen neuen Plan und zwar innerhalb der nächsten zwei Wochen.

„Ich nehme die Herausforderung an!", schoss es aus mir heraus. Der Guru musterte mich fragend und ich bekam Angst, dass er etwas ahnte. Doch er schüttelte nur den Kopf und sagte:

„Du bist ein seltsamer Junge. Ein Glück für deinen Vater, dass er dich nur noch 14 Tage beherbergen muss. Danach bist du auf dich alleine gestellt."

Obwohl ich den Guru noch nie sonderlich gemocht habe und es mir oft egal war, was er von sich gab, verpasste dieser Satz mir einen Stich ins Herz. Doch meine Gedanken waren direkt wieder bei Polly. Auf dem Heimweg lief ich an Jordans Haus vorbei und suchte mit dem Blick ins Innere nach Polly, doch keiner war zu Hause.

**

Mein Vater war ebenfalls nicht da, als ich daheim ankam. Ich legte mich auf mein Bett und malte mir Pläne aus, wie wir aus Bliss Liberty flüchten könnten. Mir wurde bewusst, dass die meisten Fluchtpläne am Zaun scheitern würden. Unbemerkt das Dorf zu verlassen, wäre zwar gefährlich, aber machbar. Doch zu zweit den Zaun zu bezwingen wäre unmöglich. Die einzige Verbindung mit der Außenwelt war das große Tor und nur den Blockern im Dienst war es gestattet, dieses zu durchqueren. Es wurde rund um die Uhr bewacht, deshalb kam mir keine Möglichkeit in den Sinn das Tor als Fluchtweg einzuplanen. Wie gerne hätte ich Polly um Rat gefragt, doch ich würde sie bis zu meinem Geburtstag nicht mehr allein zu Gesicht bekommen.

Es ärgerte mich, dass ich wegen einer dummen und unüberlegten Lüge unser ganzes Vorhaben aufs Spiel gesetzt hatte.

„Was tust du da?", fragte mich mein Vater, der plötzlich in meinem Zimmer stand und mich beobachtete, wie ich mit den Händen hinterm Kopf auf dem Bett lag. Ich öffnete die Augen und setzte mich auf.

„Papa, ich glaube, ich will mich zum Blocker ausbilden lassen", sagte ich mit bestimmter Stimme und wartete auf die Reaktion von meinem Vater.

Als Blocker erhält man die Erlaubnis Bliss Liberty zu verlassen und in der anderen Welt mögliche Libertane aufzuspüren und diese zu bekehren. So wäre es möglich, unbemerkt Bliss Liberty zu verlassen.

„Was willst du denn als Blocker? Du kannst ja nicht mal einem Gänseblümchen ein Blatt krümmen und *du* willst für die Sicherheit von uns Libertanen sorgen! Ich bin mir sicher, dass es vom Guru richtig war, dich als zukünftigen Förster zu benennen", lachte er los und mir wurde klar, dass er mir niemals die Erlaubnis dafür geben würde. Enttäuscht senkte ich den Blick und mein Kopf wurde leer. Alle Ideen für die Flucht kamen mir plötzlich noch unmöglicher vor, als sie es eh schon waren.

„Du hast ja recht!", schrie ich und lief nach draußen.

„Natürlich habe ich Recht. Ich habe immer Recht!", rief mir mein Vater mit belustigender Stimme hinterher.

„Du bist vor der Dämmerung wieder zu Hause, mein Junge Die Konsequenz des Regelbruchs kennst du ja."

**

Ich schlenderte im Wald herum, ohne bewusst ein Ziel vor Augen zu haben. Ich ging bis zum Zaun und warf Steine hindurch auf die andere Seite. Ich versuchte krampfhaft einen Plan zu entwickeln, doch je mehr ich versuchte mir etwas zu überlegen, desto unwahrscheinlicher und unmöglicher wurden die Ideen.

Plötzlich blieb ich stehen. Die Stelle kam mir bekannt vor. Ich schaute auf den Boden und sah einen Teil der Wiese, der aufgegraben war. Nun erkannte ich den Platz. Hier hatte ich die Münze versteckt. Sie lag direkt vor mir in der Erde. Mir lief ein Schauder über den Rücken, bei dem Gedanken an den Abend vor einem halben Jahr. Ich stand genau hier und war bereit die Münze auf die andere Seite zu werfen, als ich die Stimme eines Engels hinter mir hörte. Es war die erste Unterhaltung mit Polly. Sie sprach von Hoffnung, die die Münze einem gibt. Genau diese Hoffnung brauchte ich in diesem Moment. Deshalb brachte mein Körper mich hierher. Ich stand eine ganze Weile nur so da und konnte es nicht über mich bringen, die Münze auszugraben. In diesem Moment ging ich davon aus, dass es keine Steigerung zu der jetzigen Aussichtslosigkeit mehr gäbe, doch ich konnte meinen Körper nicht dazu bewegen, sich zu bücken und nach dem Hoffnungsschimmer zu greifen. Frustriert rannte ich wieder nach Hause.

Noch 13 Tage

Ich war seit langem mal wieder im Unterricht. Als ich ins Klassenzimmer kam, standen alle Kameraden um den Tisch von Felix.

„Hey Gabriel. Komm her! Felix erzählt von seinem Sechzehnten. Du hast doch auch bald Geburtstag!", rief mir ein Junge zu. Also stellte ich mich zu ihnen und hörte Felix zu, wie er über sein Geschenk prahlte und wie stolz sein Vater nun ist.

„Für welche Methode entscheidest du dich?", fragte Felix mich. Alle Blicke wandten sich mir zu. Ich runzelte die Stirn und wollte gerade fragen, von welchen Methoden er sprach. Doch er bemerkte auch so meine Verwirrtheit und fing an zu lachen.

„Spricht dein Vater überhaupt nicht mit dir über deinen Geburtstag? Dann müssen wir dir halt erklären, wie es abläuft!", beschließt Felix - ohne eine Antwort auf seine Frage zu wollen.

„Also, wie so oft in Bliss Liberty, erhältst du eine Auswahl verschiedener Methoden dein Geschenk in deinen Besitz zu bringen", fuhr er vor.

„Qual der Wahl!", rief ein anderer Klassenkamerad von mir und stupste seinen Freund an. Sie lachten. Felix griff sich ein Stück Kreide und ging zur Tafel.

Er schrieb drei Wörter an:

Streifschuss - Gürtel - Sexuell

Als Felix den letzten Begriff an die Tafel geschrieben hatte, drehte er sich um, tippte auf das letzte Wort und zwinkerte mir zu.

„Bei mir war es wohl keine Qual der Wahl", grölte Felix los und sah mich auffordernd an.

„Nun, welche Methode wählst du? Dir muss bewusst sein, dass du bei den ersten beiden eine vorherige Einweisung bekommst. Beim letzteren brauchst du keine, da darfst du dich austoben."

Die Jungs lachten wieder und nun fielen alle Blicke auf mich. Sie warteten auf meine Antwort.

„Bliss Liberty grüßt dich, Junge. Du bist also Gabriel", rief mir ein bekannter Blocker zu, als ich pünktlich zu unserer Verabredung kam. Ich konnte die letzten Nächte kaum schlafen und bereute zutiefst meine Entscheidung in der Schule vor ein paar Tagen.

Wie konnte ich nur so egoistisch sein?

Klar, beim Streifschuss muss *ich* nur einmal abdrücken.

Wie konnte ich das nur zulassen?

Der Gürtel kam nicht in Frage. Ich könnte niemals den Gürtel schwingen, so wie es mein Vater immerzu machte. Ebenso hätte ich nicht die Kraft ihr mit meinen Händen, mit meinem Fleisch und Blut, wehtun zu können. Auf so eine schreckliche Weise könnte ich niemanden so demütigen, wie Bliss Liberty es von mir verlangt hätte. Doch bei dem Schuss könnte sie sterben und mein Egoismus war zu dumm, das zu realisieren. Jetzt war es zu spät. Ich hatte mich entschieden.

„Für dich bin ich Nathan. Nicht mehr. Nicht weniger. Verstanden?", fügte der Blocker hinzu. Ich nickte und ging mit ihm auf eine große Wiese. In seiner linken Hand trug er eine Wassermelone, in seiner rechten Hand hielt er eine Pistole.

„Wofür ist die Melone?", fragte ich und versuchte zu grinsen, doch meine Nervosität lies kein Lächeln zu und mein

Gesichtsausdruck verformte sich zu einer Grimasse. Nathan schaute mich belustig an.

„Ich schau mal, was du beim Schießen so draufhast. Falls ich der Meinung bin, dass du noch Übung nötig hast, sorge ich dafür, dass du diese erhältst. Du willst dir ja sicher nicht dein Geschenk kaputt machen. Sonst hast du ja nichts mehr davon."

Ich schwieg und blickte immer noch auf die Melone.

„Stell dich nicht so dumm an, Junge. Die Melone stellt den Kopf deines Mädchens da", fügte er hinzu.

„Wie heißt sie noch gleich?"

„Polly"

„Ach ja, stimmt! Die Missgeburt von Blocker Jordan."

Ich schluckte meine aufkommende Wut herunter. Er gab mir die Pistole in die Hand und forderte mich auf zu schießen. Schließlich zielte ich und schoss. Die grüne Schicht der Melone war fein entfernt worden. Das rote Fruchtfleisch war nicht zu erkennen. Der Blocker klatschte in die Hände und blickte mich erstaunt an.

„Da habe ich wohl ein Naturtalent entdeckt."

Ich war kurz stolz auf mich, bis ich die Stimme meines Vaters hinter mir hörte.

„Hallo Nathan. Bliss Liberty lässt dich grüßen. Ich wollte mal schauen, wie sich mein Sohn bei dir anstellt. Wahrscheinlich so unfähig, wie bei mir zu Hause."

„Hallo Azrael. Schau ihn dir an, dein Junge. Ein richtiges Naturtalent", begrüßte Nathan ihn und nickte mir zu.

„Zeig ihm, was du gelernt hast."

Ich blickte zu meinem Vater, der mich spöttisch anschaute. Ich hob die Waffe, zielte und schoss. Ein dumpfer Knall sorgte dafür, dass mir der Atem stockte. Das rote Fruchtfleisch lag nun offen da und der Saft tropfte auf die Wiese. Ich hatte mitten in die Melone geschossen.

**

„Was machst du denn, Junge? Möchtest du dein Geschenk bereits am ersten Tag zerstören. Du undankbares Kind! Dein Vater besorgt dir ein Mädchen und du willst ihr in den Kopf schießen!", brüllte mich Nathan an.

Er zückte seine eigene Waffe. Mit seinem Ellbogen warf er mich zu Boden. Ein Stoß hatte gereicht, um mich auf die Wiese zu befördern. Er richtete seine Waffe direkt auf meine Stirn.

„Ich zeige dir jetzt, wie man richtig schießt!"

Er presste bei diesen Worten die Pistole noch fester gegen meine Stirn. Ich zitterte am ganzen Körper und roch das Schießpulver vom letzten Schuss in der Pistole. Er stand eine ganze Weile nur so da, ohne sich zu bewegen, bis sich endlich der Druck an meinem Kopf verringerte und Nathan die Pistole senkte.

„Ach scheiß drauf", donnerte er los und ging davon. Ich schaute zur Stelle, an der mein Vater stand, doch er war nicht mehr da. Ich saß da und versuchte mich zu beruhigen. Der Blocker schaute kein einziges Mal zurück, selbst als ich ihm hinterherrief und ihn anflehte, nicht zu gehen, sondern mir das Schießen richtig zu lehren.

Ich dachte an meinen bevorstehenden Geburtstag und bereute zutiefst, den Streifschuss als Methode gewählt zu haben. In diesem Moment kamen mir einige Gürtelhiebe als Kinderspiel vor. Doch ich hatte mich entschieden. So musste ich nur versuchen in Anwesenheit meines Vaters Ruhe zu bewahren. Ruhe bewahren, während ich dem wunderbarsten Mädchen einen Streifschuss am Kopf verpassen werde. Es gab keinen Ausweg für uns. Ich musste Polly gefügig machen, um mit ihr nach meinem Geburtstag einen Plan schmieden zu können, wie wir aus Bliss Liberty flüchten können.

Ich stand auf, lief sofort nach Hause und legte mich ins Bett. Als ich endlich eingeschlafen war, sah ich Polly vor meinem inneren Auge erscheinen. Ich stand mit verschränkten Armen vor ihr. Wir befanden uns auf einer grünen Blumenwiese. Eine Wiese, wie es sie in Bliss Liberty nicht gab. Ich blickte sie an und sah, wie sie plötzlich ihr Gesicht verzog und einen schmerzvollen Schrei von sich gab. Ich sah, wie sie auf die Knie stürzte und ein tiefroter Punkt auf ihrer Stirn erschien. Blut tropfte auf ihr weißes Kleid. Sie weinte, doch mein Blick schweifte von ihr ab. Ich blickte auf die Waffe, die in meiner rechten Hand lag. Ich lachte, während Polly immer lauter schrie. Unsere Stimmen gaben sich ein Duell, bis sie verstummte. Ich blickte sie an und sah in die zwei leeren, smaragdgrüne Augen, die mich mit letzter Kraft anflehten.

Ich wachte schweißgebadet auf, doch der Gedanke, dass es nur ein Traum war, konnte mich nicht beruhigen.

Denn bald könnte der Traum zur Realität werden.

Noch 9 Tage

Als ich am nächsten Morgen in die Küche kam, saß mein Vater auf seinem Platz und las die *Bliss-News*. Auf dem Titelblatt erkannte ich den Guru, der mir zulächelte.

„Vater, es tut mir leid, dass ich dich abermals enttäuscht habe", fing ich an zu sprechen.

„Wenn du nicht bald anfängst zu erkennen, was zu deinen Gunsten passiert, wirst du nie ein echter Libertane. Tu was man dir sagt und dir geschieht nichts", unterbrach mich mein Vater.

„Wie meinst du das? Wieso sollte mir etwas geschehen, wenn ich nicht in der Lage bin, einem unschuldigen Mädchen einen Streifschuss ins Gesicht zu verpassen", erwiderte ich, während mir auffiel, dass ich gerade meine Feigheit zugegeben hatte.

„Mir ist es egal, zu was du in der Lage bist und zu was nicht. Doch wenn du an deinem Geburtstag die Familienehre durch deine Undankbarkeit zerstörst, wirst du den nächsten Tag nicht erleben", schrie er mich an und fügte mit leiser, aber bestimmter Stimme hinzu:

„Und dafür sorge ich höchstpersönlich, mein Sohn!"

Noch 8 Tage

Ich musste Polly finden. Unbedingt. Ich irrte durchs Zentrum von Bliss Liberty auf der Suche nach ihr. Die Sonne war gerade erst aufgegangen, als ich das Haus verließ. Nachdem mein Vater mir gestern mitgeteilt hatte, dass er mich umbringen wird, wenn ich es nicht schaffen werde, Polly unter meinen Gehorsam zu stellen, konnte ich keine Minute schlafen. Mein Herz schlug mir bis zum Hals und ich rang nach Luft, als ich endlich vor meinem Ziel stand. Der verbotene Bereich für Knaben. Hier war der XXs-Bereich. Frauenappelle und weitere Anlässe für Frauen wurden hier gehalten. Der Guru war der einzige Mann, der über die Markierung treten durfte. Hinter dieser Markierung lebten auch die Frauen des Gurus. Keiner wusste, wie viele es waren, doch nur im XXs-Bereich waren sie geschützt vor den restlichen, wollüstigen Libertanen. Hinter der Markierung lag auch mein Hauptziel: die Mädchenschule.

**

„Weiter darf ich nicht gehen", hörte ich meine Stimme im Kopf zu mir sagen, doch in diesem Moment waren mir Regeln und ihre Folgen ganz allerlei. Ich ging entschlossen über die Markierung, die den XXs-Bereich umfasste. Als ich mit dem ersten Fuß im verbotenen Bereich war, hörte ich hinter mir eine Stimme brüllen.

„Hey du Möchtegern. Hat dir jemand ins Hirn geschissen oder hast du eine Wette mit deinen Freunden verloren? Geh sofort von der Markierung weg oder ich hole *meine* Freunde. Und die werden nicht zögern, dir eine Lektion zu erteilen. Das wette ich!", fuhr mich ein Blocker an, den ich nicht kannte. Gott sei Dank kannte er mich auch nicht, sodass ich schnellstens verschwinden konnte. Ich lief etwa 50 Meter an der Markierung entlang, bis der Blocker mich nicht mehr sehen konnte. Ich wartete eine halbe Ewigkeit hinter einem Baum. Ich schaute umher, um mich zu überzeugen, dass kein anderer Blocker zu mir sah. Ich setze den ersten Fuß über die Markierung, zögerte kurz, doch lief schließlich in den XXs-Bereich.

Im Schutz des Schattens der Bäume schaffte ich es schließlich bis zur Mädchenschule, ohne dass ich Frauen traf, die mich kannten. Mein Entschluss stand fest. Ich musste unbedingt mit Polly reden - und zwar allein. Der Unterricht begann erst in einer Stunde und nur vereinzelt sah ich bereits Mädchen, die auf den Schulbeginn warteten. Ich ließ meinen Blick schweifen und bekam von den Mädchen, die mich entdeckten, verständnislose Blicke zugeworfen. Meine Gedanken waren nur bei Polly, weshalb mich die Blicke auch recht wenig störten. Ich wusste, dass selbst Blocker nicht in diesen Bereich durften, sodass ich mich vor ihnen sicher fühlte. Ich schaute umher, doch ich konnte *sie* nirgends entdecken. Ich setzte mich in den Schatten der Mauer, die den Bereich der Mädchenschule eingrenzte und wartete. Bei jedem Mädchen, das schwarze Locken hatte, sprang ich auf. Doch bei jeder Betrachtung, als mir aufs Neue klar wurde, dass es sich um ein weiteres fremdes Mädchen handelte, setzte ich mich wieder enttäuscht hinter die Mauer. Ich schweifte ab und saß nur da, bis mich der Schulgong aus den Gedanken riss. Polly war nicht gekommen. Plötzlich machte ich mir große Sorgen, was geschehen sein könnte, da es unüblich war, nicht zur Schule zu gehen. Schließlich stand ich auf und ging zurück zur Markierung. Ein kurzer Blick in alle Richtungen ließ meine Angst, wieder erwischt zu werden, erlöschen. Weit und breit war kein Blocker zu sehen. Ich atmete auf.

**

Ich sah wahrscheinlich furchtbar aus. Ich habe die letzten Nächte so gut wie kein Auge zu bekommen. Einige Male als ich allerdings vom Schlaf überwältigt wurde, hatte ich schreckliche Albträume. Der Traum, in dem ich Polly in den Kopf schieße, wiederholte sich und wurde immer klarer und realitätsnäher. Hinzu kamen Träume von meinem Vater, der mir an meinem Geburtstag mit einem Messer immer wieder in den Bauch sticht. Dabei lachte er aus vollem Leib und rief, wie froh er ist, die Familienehre aufrecht zu erhalten. Egal welchen schrecklichen Traum ich träumte, ich war in jedem von ihnen wie gelähmt und konnte mich nicht wehren. Ich empfand weder Schmerz noch Angst. Die Angst kam immer erst, wenn ich wach wurde, schweißgebadet im Bett lag und mir klar wurde, dass die Albträume nicht mehr weit von meiner Realität entfernt waren.

**

Im Zentrum sah ich nur vereinzelt Blocker, die auf dem Weg zum Zaun waren und einige Frauen, die Lebensmittel besorgten. Mein Herz raste immer noch. Ich wollte nur Polly sehen, doch selbst das bekam ich nicht auf die Reihe. In mir kam Wut auf. Wut auf mich selbst. Ich ging im Stechschritt über den großen Platz und wollte nochmal bei Pollys Zuhause nachsehen, ob sie wirklich nicht da war. Ich rempelte dabei eine ältere Frau an. Gerade als ich sie anschnauzen wollte, ob sie keine Augen im Kopf hatte, vielen mir die schwarzen Locken auf, die mir sehr bekannt vorkamen. Meine Kinnlade klappte nach unten, als ich die Frau näher betrachtete. Es war Pollys Mutter Elisabeth. Ich packte sie an den Schultern und rüttelte sie verzweifelt.

„Wo ist Polly? Warum ist sie nicht in der Schule? Was hat Samiel ihr angetan?", brüllte ich auf sie ein.

„So ein gieriger Junge wurde also für mein kleines Mädchen ausgesucht. Lass ihr doch bitte noch die eine Woche Frieden, bevor du sie dir krallst!", fuhr sie mich an.

Ich ließ sie los und wich zurück. Das hatte ich nicht erwartet. Ich schnappte nach Luft und wollte gerade klarstellen, dass ich Polly niemals wehtun wollte, als sie mich zur Seite schob und an mir vorbeiging.

„Warte! Hallo? Wo ist sie denn?", rief ich ihr hinterher.

„*Du* weißt echt überhaupt nichts, oder?", antwortete Elisabeth energisch, während sie weiterging.

„In einer Woche wird sie dir geschenkt. Sie muss nicht mehr zur Schule gehen. Sie hat genug gelernt, um dir gehorsam dienen zu können. In der letzten Woche hilft sie Samiel, der sich als Blocker ausbilden lässt. Er muss üben, wie man Flüchtige oder Eindringlinge überwältigt. Polly spielt sein Versuchskaninchen. Sie sind wahrscheinlich in der Nähe des großen Tors. Da darfst du aber nicht hin, das ist in der vierten Zone. Ich flehe dich an ihr noch die letzten Tage in Freiheit zu gewähren."

„FREIHEIT?", brüllte ich entsetzt und rannte los. Wie konnte sie unser Leben als frei bezeichnen. Mir war es egal, ob es mir untersagt war zum großen Tor zu gehen, geschweige denn mit Polly zu reden. Ich lief durch den Wald. Meine Wut wuchs mit jedem Schritt, den ich in den Waldboden stampfte. Doch diese Wut galt nicht mehr meiner selbst, sondern Pollys Mutter und Samiel. Sie hat Polly als Versuchskaninchen bezeichnet. *So eine Scheiße! Das war nur eine weitere Ausrede, um Polly noch mehr unsinnig verprügeln zu können.* Plötzlich blieb ich stehen und horchte. Ich hörte Männerstimmen, die sich lauthals unterhielten. Es war Jordan und sein Sohn Samiel. Ich ging weiter, geradewegs auf die Stimmen zu. Sie wurden immer lauter, bis etwa zehn Meter vor mir die beiden auftauchten. Bei dem Anblick der beiden verflog auf einen Schlag meine Wut. Ich huschte hinter einen großen Baum. Was hatte ich mir nur gedacht, mich von meiner Wut leiten zu lassen. Ich erlaubte mir einen kurzen Blick auf die beiden und suchte nach Polly. Sie saß auf einem Baumstumpf hinter ihnen. Ich erkannte eine Platzwunde an ihrer rechten Schläfe und sah, dass sie weinte.

**

„Hör auf zu heulen, du dumme Gans. Warte hier, bis du aufgehört hast zu flennen und laufe dann sofort nach Hause. So nehmen wir dich nicht mit. Du würdest uns ja in Grund und Boden beschämen. Wenn uns so andere Blocker sehen würden", raunte Jordan seine Tochter an.

„Dad zeigt mir jetzt noch das große Tor. Wehe du redest mit jemandem. Du weißt, ich habe die Aufgabe dich zu beaufsichtigen. Mache mir keine Schwierigkeiten oder du wirst das bitter bereuen", fügte Samiel hinzu und schaute zu seinem Vater.

Dieser nickte seinem Sohn zu und sie gingen fort. Ich wartete noch eine halbe Ewigkeit hinter dem Baum, vor Angst die beiden würden zurückkommen. Schließlich lief ich zu Polly.

„Gabriel!", rief Polly freudig. Ihre Augen fingen an zu funkeln. Ich machte einen Satz nach vorne und hielt ihr einen Finger vor den Mund, der signalisierte, dass sie leise sein sollte.

„Psst! Sei leise, sonst hört dein Vater oder dein Bruder dich noch", flüsterte ich und schaute besorgt um mich. Ich spürte, wie sich Pollys Mund unter meinem Finger zu einem Grinsen formte. Ich schaute ihr in die Augen und fing ebenfalls an zu grinsen. Langsam ließ ich meine Hand sinken, sodass ich ihr Lächeln nun vollständig sah. Ich wischte ihr mit der Hand über die Wange.

„Hallo, Polly", hauchte ich und umarmte sie. Es fühlte sich an, als würde die Welt stehen bleiben. Alle Sorgen waren für fünf

Sekunden verschwunden. Doch als mein Blick auf ihre Wunde fiel, war ich wieder in der Realität angekommen.

„Polly, mein Vater hat mir eröffnet, dass er mich umbringen wird, wenn ich es nicht schaffen werde, dich unter meinen Gehorsam zu stellen!", fing ich mit ernster Stimme an zu sprechen. Ihr Lächeln erstarrte und das Funkeln in ihren Augen erlosch - so schnell, wie es gekommen war.

„Aber du wirst es schaffen. Da bin ich mir sicher", sagte Polly, doch ihr Gesichtsausdruck zeigte mir etwas Anderes. Es war Sorge und die war wirklich berechtigt.

„Wir haben immer noch keinen Plan, wie wir hier rauskommen sollen. Vor meinem Geburtstag werden wir es nicht schaffen", jammerte ich.

„Dann machen wir eben erst nach deinem Geburtstag einen Plan, wie wir sicher aus Bliss Liberty verschwinden können!", versuchte Polly mich zu ermutigen.

„Nicht in tausend Jahren werden wir einen Weg finden, *sicher* verschwinden zu können. Diesen Plan gibt es nicht. Das ist unmöglich", sagte ich in der Hoffnung, dass Polly mir widersprechen würde, doch das tat sie nicht. Und ihr Schweigen war viel schlimmer als eine Antwort.

„Ich muss nach Hause. Suche die Hoffnung - und ein Wunder wird uns finden", verabschiedete sich Polly von mir und ging fort. Ich war mal wieder verwirrt von dem Gesagten. Also rief ich Polly hinterher, was sie damit gemeint hatte, doch sie war bereits so weit weg, dass sie mich nicht mehr hören konnte.

Noch 6 Tage

Suche die Hoffnung - und ein Wunder wird uns finden.

Dieser Satz ging mir nicht mehr aus dem Kopf, seit ich Polly vor zwei Tagen das letzte Mal gesehen hatte.

Was zur Hölle meinte sie mit der Hoffnung?

Klar war, dass wir dringend ein Wunder benötigten, denn mein Vater machte nun von Tag zu Tag mehr Druck. Er meinte, ich sollte den Steifschuss nochmal üben oder mir endlich eingestehen, dass ich zu feige dafür bin.

„Noch ist es nicht zu spät und wir können deinen Geburtstag absagen! Dann bleibt wenigstens Bliss Liberty dein Versagen erspart", meinte er an diesem Morgen zu mir. Aber das kam für mich nicht mehr in Frage, denn sonst wird Polly einem anderen Jungen überlassen und wir könnten nicht gemeinsam fliehen. So gerne würde ich Polly nochmal vor meinem Geburtstag alleine sehen. Doch das war unmöglich. Während ich fieberhaft nachdachte, um dem Satz einen Sinn zu geben, sollte ich für meinen Vater Holz aus dem Wald holen. Im Wald stolperte ich und landete auf meinen Knien. Ich fluchte und rappelte mich wieder auf. Als ich mir die Erde von den Händen abwischte, erstarrte ich plötzlich. Ich schaute in meine, noch immer mit Erde beschmierten, Hände. Das letzte Mal, als ich so dreckige Hände hatte, war, als ich die Münze vergraben hatte. Die Münze! Damit also meinte Polly die Hoffnung. Sie sagte mal, dass die Münze ein Gegenstand der Hoffnung sei. In mir kam

Freude auf. Freude darüber, endlich Klarheit über den Satz zu haben und Freude über das bevorstehende Wunder, von dem Polly sprach. Ich ließ das Holz fallen, das ich bereits gesammelt hatte und rannte zu der Stelle, an der ich die Münze vergraben hatte. Ich kniete mich hin und fing an zu graben. Meine Finger berührten etwas Hartes und ich zog es heraus. Fluchend warf ich den Stein zur Seite und grub weiter. Endlich sah ich etwas in der Erde schimmern. Ich zog die Münze heraus, spuckte auf sie und polierte sie mit meinem Hemd. Ich lachte und drückte die Münze ganz fest. Schließlich schob ich sie in meine rechte Hosentasche und ging nach Hause.

Noch 3 Tage

Die Freude über die Münze hielt zwei Tage an. Mein Vater dachte, dass meine gute Laune dem Geburtstag gewidmet war. Doch dieser sorgte dafür, dass die Freude nun wieder verschwand. Froh, die Hoffnung gefunden zu haben, war ich immer noch, doch der Gedanke an meinen Geburtstag überwog langsam in meiner Gefühlswelt.

Wie sollte eine Münze ein Wunder hervorrufen - und das noch vor der Tat, die ich begehen muss?

Ich war mir sicher, dass ich es nicht schaffen werde, Polly in Anwesenheit meines Vaters einen sauberen Streifschuss verpassen zu können.

Beim Abendessen war ich so in Gedanken vertieft, dass ich meinen Vater erst beim zweiten Mal hörte.

„Gabriel, möchtest du morgen zu der Zeremonie von Polly gehen?", wiederholte mein Vater.

„Welche Zeremonie denn? Ich habe doch erst in drei Tagen Geburtstag", sagte ich abwesend, noch immer vertieft in die Frage, wie eine Münze mir helfen könnte.

„Ein Mädchen wird - bevor es verschenkt wird - von seiner Familie freigesendet. So hat die Familie keine weiteren Rechte beziehungsweise Ansprüche an die Tochter. So gehört sie dem Jungen - *also dir* - ganz alleine", erklärte mir mein Vater.

Ich war bei den Worten meines Vaters schlagartig wieder in der Realität. Ich blickte zu ihm und runzelte die Stirn.

„Was wird denn bei so einer Zeremonie gemacht?", fragte ich vorsichtig - ängstlich vor der Antwort.

„Naja, jedes Mitglied verabschiedet sich auf seine Weise von ihr. Wenn man froh darüber ist, kann man natürlich auch tätlich werden", er lachte und legte mir seine Hand auf die Schulter.

„In Pollys Fall wird es schon ein paar Klapse geben. Ich habe gehört, dass sie vor ein paar Tagen noch weinend im Wald gesehen wurde. Hast du davon etwas gewusst?", fragte er mich eindringlich.

Ich wusste natürlich, warum sie weinen musste. Doch meinem Vater würde ich nicht sagen, wie sehr ich Blocker Jordan verabscheute. Ihn und seine Taten. Gewalt an ungehorsamen Kindern war seine Lieblingsbeschäftigung, wie ich ja am eigenen Leib bereits mehrfach zu spüren bekam.

„Was verziehst du denn so dein Gesicht? Wenn es an deinem Geschenk liegt, dann glaub mir eins: Der Genkrüppel, der dich zu Welt gebracht hat, war genauso schlimm. Damit musst du dich in Zukunft selbst herumschlagen", hörte ich meinen Vater sagen. Ich nickte schweigend und drehte schnell meinen Kopf zur Seite, damit er nicht sah, wie ich vor Wut meine Zähne zusammenbiss.

Wie konnte er nur so über meine Mutter herziehen, die er verschwinden ließ?

Sein Griff auf meiner Schulter wurde fester und er sah mir ernst in die Augen.

„Vermassele das ja nicht an deinem Geburtstag", raunte er mir ins Ohr. Er nahm die Hand weg und sein Blick hellte sich wieder auf.

„Geh doch mit. Das wird morgen sicher amüsant", fügte er hinzu und aß weiter. Ich wusste, dass mein Vater keine Antwort mehr verlangte, denn er hatte es bereits für mich entschieden. Also musste ich am nächsten Tag dabei zuschauen, wie Samiel und Jordan ihr nochmals wehtun würden. Dieses Mal aber vor ganz Bliss Liberty, zum Gespött der anderen Libertanen.

Noch 2 Tage

„Zieh dir was Angemessenes an. Das wird ein Festtag", rief mir mein Vater zu, als ich gerade aufgestanden war. Seine Stimme klang glücklich, was mich nicht überraschte, da mein Vater an solchen Tagen immer ausgelassen und zufrieden war. Tagen, an denen Gewalt auf der Tagesordnung stand.

Auf dem Weg ins Zentrum, dort wo die Zeremonie stattfand, bemerkte ich viele Leute, die auch auf dem Weg dorthin waren. Es waren sehr viele Leute. Als wir ankamen, klappte meine Kinnlade nach unten. Es war fast ganz Bliss Liberty da und es kamen immer mehr.

„Blocker Jordan wird sehr geschätzt von den Libertanen. Also hoffen alle auf eine gute Show und der junge Samiel wird ja momentan auch als Blocker ausgebildet. Zwei tätige Blocker sieht man nur selten. Das lässt sich keiner entgehen!", rief mir mein Vater zu, als er sich freudig einen Platz suchte. Ich stand planlos herum und meine Gedanken galten Polly. So gedemütigt zu werden vor so vielen Leuten und dann noch von seiner eigenen Familie. Ich ekelte mich vor dem Geistesblitz, später wie mein Vater zu werden, weshalb ich dem Gedanken keine Aufmerksamkeit schenkte.

Plötzlich wurden alle still.

Der Guru ging durch die Reihen, bis er vorne angekommen war. Er wandte sich den Libertanen zu.

„Bliss Liberty lässt euch grüßen! Heute ist es mal wieder soweit und wir dürfen uns von drei weiblichen Geschöpfen verabschieden, die in den nächsten Tagen ihren richtigen Platz in unserer Welt bekommen werden: Den Platz unter der Herrschaft des männlichen Auserwählten."

Um mich herum klatschten alle und nickten sich gegenseitig zu. Erst jetzt fiel mir auf, dass um mich herum ausschließlich Männer saßen. Ich sah hinter mich, was meine Vermutung bestätigte. Es war eine Zeremonie für Männer. Ich sah keine einzige Frau, bis auf die drei Mädchen, die der Guru nun nach vorne holte.

„Da sind ja unsere drei falschen Geschöpfe des heutigen Tages. Lissy Thomas, Sophie Jackson und Polly Jordan!", eröffnete uns der Guru. Im Nachhinein kommen mir diese Zeremonien wie Zirkusaufführungen vor. Die Menschen wurden wie Tiere dem Publikum vorgeführt. Die Mädchen waren leicht bekleidet und standen mit gesenktem Kopf auf der Tribüne.

„Beginnen wir mit der Entsendung von Lissy Thomas!", rief der Assistent des Gurus.

Polly und das andere Mädchen wurden grob zur Seite geschoben, dass nur noch Lissy auf der Bühne stand. Hinter ihr erschien ihr Vater. Die nächsten Minuten waren die reinste Qual, weshalb ich nach einigen Sekunden die Augen schloss. Ich hörte das Rauschen in meinen Ohren und mein Herz bebte, als hätte ich einen Sprint hinter mich gelegt. Ich hörte, wie sie aufschrie, was mich dazu brachte meine Augen noch fester zuzupressen. Ich versuchte mich auf meine Atmung zu konzentrieren, die immer schneller und unkontrollierter wurde. Auf einmal bekam ich einen Ellbogen in meine Rippen. Der Schmerz, der sich durch meine Brust zog, zwang mich die Augen zu öffnen. Der junge Mann neben mir schaute mich ernst an und fing an zu grinsen.

„Wenn du weiter hier herum pennst, verpasst du noch die ganze Show", raunte er mir ins Ohr. Während er sich von meinem Ohr entfernte und sich wieder dem Grauen widmete, fiel sein Hemd nach hinten. Seine Pistole kam im Holster zum Vorschein. Ich erschrak und setzte mich aufrecht hin. Er war ebenfalls Blocker, wie Samiel und Jordan. Seine Waffe hatte die Markierung *BLB*. Soweit ich weiß, steht das für Bliss Liberty Blocker.

Ich entschuldigte mich für meine Unaufmerksamkeit, weil ich keine Lust auf Ärger mit einem weiteren Blocker hatte. Nach der Begegnung mit Nathan hatte ich eine Heidenangst vor Blockern. Sie alle waren unberechenbar und noch gestörter als die restlichen Libertanen. Ich versuchte am Geschehen vorbei zu schauen, was mir aber nicht ganz gelang. Nach der Tortur kam der Assistent und wischte das übrige Blut von der Tribüne. Als Nächstes war Polly an der Reihe. Ich krallte meine Finger in den Stuhl.

**

„Polly Jordan!", rief der Guru und Polly wurde auf die Bühne geholt. Hinter ihr erschien ihr Vater und Bruder. Dass die

Mädchen nicht den Nachnamen der Familie bekamen, sondern nur den Vornamen des Vaters, war mir recht früh bewusst geworden. Allerdings wurde mir jetzt erst klar, warum. Frauen waren der Abschaum von Bliss Liberty. Keinen eigenen Nachnamen zu haben, führte zur lebenslangen Abhängigkeit. Es war das Ziel der Libertanen, Frauen komplett gefügig zu machen.

Die beiden Männer machten Pollys Tortur zur Show. Sie lachten, sprachen mit dem Publikum und beleidigten Polly. Sie wurde als Angsthase, Heulsuse und vieles mehr beschimpft. Mir kamen die Worte ihrer Mutter in den Sinn, als ich vor ein paar Tagen Polly gesucht hatte. Sie bezeichnete Polly als Samiels Versuchskaninchen. Das haben die beiden also mit Polly im Wald gemacht. Sie übten die Zeremonie. Bei Blockern musste alles perfekt laufen. Also wusste Polly bereits, was auf sie zukam. Sie kannte jeden Schlag und jeden Tritt, da sie es schon einmal durchleben musste. Im Wald - kurz bevor ich zu ihr kam. Nach der Tortur musste Polly im Wald weinen, was Jordan und Samiel wütend machte. Ich versuchte Blickkontakt zu Polly aufzunehmen, um ihr Mut zu machen. Wenn sie heute weinen würde, wäre das nicht zu Pollys Gunsten. Das war ihr bewusst, weswegen sie sich auch immer wieder auf die Lippe biss. Sie ließ ihren Blick über die Menschenmenge schweifen, bis sie mich entdeckte. Ich hob den Blick und nickte ihr langsam zu. Ich versuchte, ihrem Blick Stand zu halten, doch Samiel ging dazwischen und verpasste ihr eine Ohrfeige.

„Du schaffst das, Polly. Bloß nicht weinen. Bleib stark!", flüsterte ich, doch ich wusste, dass sie mich nicht hören konnte. Wer allerdings meine Worte hörte, war der Blocker neben mir. Er packte mich und zog mich durch die Reihen, bis wir ganz hinten angelangt waren. Einige Leute schauten uns verdutzt an, doch der junge Mann ließ sich davon nicht irritieren.

„Wenn du noch auffälliger dein Mitleid anpreist, muss ich dich melden. Ist dir das klar? Du bist doch echt ein dummer Junge. Denkst du, das ist mir nicht bewusst, dass das Mädchen da vorne deine Polly ist. Aber warum zur Hölle machst du es ihr noch schwerer?", brüllte er mich an, als wir weit genug von den Schaulustigen entfernt waren.

„Ich wollte es ihr nicht schwerer machen!", sagte ich kleinlaut, überrascht von den Worten des jungen Blockers.

Warum meldete er mich nicht einfach?

„Ich kenne Samiel. Er wird mit mir zusammen ausgebildet. Er hat ganz schön viel von dir erzählt. Was du für ein Weichei bist und irgendetwas von einer Münze!", fuhr er fort. Dieses Mal aber mit gedämpfter Stimme.

„Oh!", sagte ich und sah ihn erschrocken an. Er hatte etwas an sich, was ich noch nie zuvor bei einem Blocker gesehen hatte. Es war Mitgefühl.

„Hast du die Münze noch?", fragte er mich mit so leiser Stimme, dass ich es fast nicht gehört hätte. Ich überlegte, ob ich ihm die Wahrheit sagen sollte. Wenn ich das täte, wäre ich erledigt.

„Nein. Ich habe sie über den Zaun geworfen", sagte ich und versuchte die Lüge gleichgültig wirken zu lassen. Ich schaute zu meiner rechten Hosentasche, in der die Münze lag. Als ich ihm wieder ins Gesicht schaute, wusste ich, dass er meinen Blick bemerkt hatte. Er packte mich am Hals und schob seine Hand blitzschnell in meine rechte Hosentasche. Ich konnte kaum atmen, geschweige denn mich wehren. Als er mich losließ, hatte er in der anderen Hand die Münze. Er schaute mit großen Augen auf die Münze. Er ließ seine Finger über die Einkerbungen gleiten, so wie ich es auch immer gemacht hatte. Ich sah etwas in seinem Ausdruck, mit dem ich niemals gerechnet hätte. Es war Anerkennung.

„Dir ist schon bewusst, dass diese Münze ein Gegenstand der Hoffnung ist?", murmelte er. Dieser Satz brachte mein Herz fast zum Stillstand. Das waren Pollys Worte. Ich schaute den jungen Blocker an und versuchte nicht in Ohnmacht zu fallen. Jetzt wusste ich, was Polly mit dem Wunder meinte. Das Wunder stand genau vor mir. Der junge Blocker, namens Alex DiMoné, war unser Wunder.

„Ich habe in zwei Tagen Geburtstag und muss es schaffen, Polly gefügig zu machen. Ich habe den Streifschuss als Methode gewählt, doch ich weiß nicht, ob ich das schaffen werde", fing ich an Alex zu erzählen. Bei meinen Worten wurde er abwesend, als würde er von neuem durchleben, was bereits lange der Vergangenheit angehörte. Als er wieder in der Gegenwart ankam, schaute er mir in die Augen.

„Ich habe sie verloren. An meinem Geburtstag vor drei Jahren. Ich wählte ebenfalls den Streifschuss als Methode. Ich konnte perfekt schießen. Nur leider nicht auf Lebewesen. Erst musste ich meinen Hund erschießen, was ich nicht hinbekam. Aber zum Glück half mir eine Fremde. Und dann noch an meinem Geburtstag, an dem etwas geschah, das ich mir nie verzeihen kann. Ich war abgelenkt von meinem Vater, der mich auffordernd musterte. Ich verfehlte den Schuss und schoss ihr in den Kopf. Man konnte nichts mehr für sie tun. Sie war auf der Stelle tot", erzählte mir Alex mit schmerzender Stimme.

Mir wurde eiskalt, als er von seinem Vater und dem verfehlten Schuss sprach. Er sprach exakt meine Horrorszenarien aus. Ich empfand Mitleid mit ihm, wie ich es sonst zuvor nur für Polly empfunden hatte.

„Das tut mir leid. *Wirklich*. Genau davor habe ich schreckliche Angst!", versuchte ich ihn zu beruhigen.

„Lass nicht zu, dass so etwas auch mit Polly geschieht!", sagte er mit bestimmter Stimme. Mir fiel auf, dass er Polly bei ihrem Namen nannte und sie nicht als Geschenk oder Gegensand betitelte.

„Wie meinst du das? Ich kann nichts dagegen unternehmen, dass mein Geburtstag stattfinden wird", sagte ich trotzig.

„Da hast du Recht. Die Tatsache, dass dein Geburtstag stattfindet, kannst du nicht mehr verhindern. Allerdings entscheidest du alleine, wie dein Geburtstag sich entwickeln wird. Es ist ja schließlich *dein* Tag!", erwähnte er. Dabei musterte er mich, als wollte er überprüfen, ob ich seine Worte verstand.

„Ach übrigens, ich habe an deinem Geburtstag Aufsicht am großen Tor! Ich wünsche dir viel Glück!", fügte er hinzu, gab mir die Münze wieder und ging zu seinem Platz zurück.

Ich stand da, ohne mich zu regen. Ich hatte die Münze noch in der Hand, als ich suchend meinen Blick schweifen ließ. Dann entdeckte ich Polly. Sie saß in einen der ersten Reihen und versorgte gerade ihre Wunde an der Schläfe. Sie schaute zu Alex, dann zu mir. Sie nickte mir zu und ich erhaschte ein kleines Lächeln auf ihrem Mund. Ohne dass es mir jemand mitteilte, wusste ich, dass Polly es geschafft hatte.

Sie hatte nicht geweint.

Noch 1 Tag

In dieser Nacht träumte ich einen sehr bekannten Traum.

Es war der Traum, in dem mein Vater mir ein Messer immer wieder in den Bauch sticht. Doch dieses Mal war ein entscheidendes Detail anders. Mir kam es wie ein Rollentausch vor. *Ich* war es, der meinem Vater das Messer   -*sein* Messer - in den Bauch stach. *Er* lag auf dem Boden, mit schützenden Händen über dem Kopf. In der Position, in der ich immer lag, während mein Vater mich züchtigte. Diesmal flehte aber nicht ich ihn an aufzuhören, sondern die flehenden Worte kamen aus seinem Mund. Doch ich dachte überhaupt nicht daran aufzuhören. Ich schlug auf sein Gesicht ein und stach das Messer so tief in seinen Körper, dass ich bei jedem Stich den Widerstand des Bodens am Ende der Klinge spürte. Ich hörte, wie die Haut zerriss und die Klinge sich erneut einen Weg durch das Fleisch suchte. Ich roch das Blut, das aus den Wunden quoll. Ohne Halt floss es aus dem Körper meines Vaters und breitete sich auf dem Boden aus, bis es mich komplett umschlossen hatte. Während ich vor ihm kniete und auf ihn einstach, lachte ich aus vollem Leibe, ungezwungen wie ein kleiner Junge. Ich freute mich über den lebendigen Klang meines Gelächters, dass ich noch lauter lachte. Ich schloss die Augen und stach das Messer abermals in den Körper meines Vaters. Dieses Mal erklang ein neues Geräusch, welches bei den anderen Malen nicht zu hören war. Es war, als hätte man das Messer in einen Ball gerammt, aus dem nun die Luft pfiff.

Ich öffnete die Augen und sah geradewegs in die blutunterlaufenden Augen meines Vaters. Mir fiel auf, dass ich direkt in seine Luftröhre gestochen hatte. Man konnte zuschauen, wie die restliche Luft, die noch in seiner Lunge war, den Weg nach draußen fand. Aus seinem rechten Auge floss - neben dem ganzen Blut - eine Träne. Man konnte sie deutlich erkennen, die ihm nun die Backe herunterlief.

„Du weißt doch, dass Tränen in Bliss Liberty ein Zeichen der Schwäche sind. Bist du etwa schwach, Daddy?", fragte mein verändertes Ich mit gekünstelter, fast kindlicher Stimme. Dabei ließ ich die Spitze des Messers über die Spur gleiten, den die Träne auf seiner Backe hinterließ. Die Spitze drang in sein Fleisch ein und hinterließ eine Wunde, die wie ein roter Faden auf seinem Gesicht aussah. Als die Messerspitze den Tropfen erreichte, stach ich zu und drehte die Klinge noch tiefer in sein Fleisch. Er stöhnte auf, doch ihm fehlte die Kraft zu schreien.

„Und? Bekomme ich noch eine Antwort oder hat es dir die Sprache verschlagen?", zischte ich und musste über mein Wortspiel lachen.

„Stark ist der, der die Waffe hält. In diesem Moment spielt alles andere keine Rolle mehr", hauchte mein Vater mit letzter Kraft. Seine Augen erstarrten und ich spürte, wie sein Herz zu Ruhe kam.

**

Als ich aufwachte, wurde mir bewusst, dass ich nicht, wie üblich nach solch einem Traum, schweißgebadet im Bett lag. Ich erwachte, wie nach jeder guten Nacht, in der ich keinen Albtraum hatte. Die Luft in meinem Zimmer war kühl und man roch keinen Angstschweiß.

Ich wusste, dass dies kein Zufall war. Mir kam es vor, als hätte dieser Traum mir etwas gegeben. Etwas, das ich unbedingt brauchte: Einen weiteren Funken Hoffnung. Mir kam der Gedanke, dass es zwischen dieser Wendung im Traum und der gestrigen Begegnung mit Alex eine Verbindung geben musste. Noch wusste ich aber nicht inwiefern.

16. Geburtstag/ Bliss Liberty 2000/ 8:00 Uhr

Ich blickte in den Spiegel und betrachtete meinen, mit Narben übersäten, Körper. Viele Narben waren bereits verblasst, andere waren noch ganz frisch.

Mein Vater bestrafte mich, seit ich denken kann. Als ich noch nicht laufen konnte, versuchte ich mich flach auf den Boden zu legen, um keine unerwarteten Schläge zu bekommen. Am schlimmsten waren die Schläge von hinten, ohne zu wissen, wann der nächste Schlag kam.

Damals wusste ich noch nicht, dass die Hiebe in die Magengrube schmerzhafter waren, als die auf den Rücken. Doch ich lernte relativ schnell, welche Körperteile für die Züchtigung nur so geschaffen wurden und andere, auf denen die Haut zu weich war, dass tiefe, schmerzende Wunden entstanden. Ich bekam schon in jungen Jahren die Haut eines alten, zähen Mannes. Mein Bruder Samiel züchtigte mich auf Anweisung meines Vaters seit er fünf Jahre alt war. Zu dieser Zeit war ich sechs. Anfangs war ich noch größer als er, dass er mich nicht alleine unter Kontrolle hatte. Oft half ihm mein Vater, mich festzuhalten. So konnte er präzisere Schläge setzen. Mit der Zeit lernte er, wo er mich zu schlagen hatte. Im Alter von acht Jahren kannte er

93

meinen Körper, wie seinen eigenen. Er wusste, welche Stellen meines Körpers am empfindlichsten waren und konnte die Schläge so verteilen, dass ich den höchstmöglichen Schmerz empfand ohne die geringsten äußerlichen Verletzungen.

**

Meine Hand glitt über die große Narbe an meinem Schlüsselbein bis hin zur V-förmigen Narbe an der Rückseite der Schulter. Bei jeder Berührung der Narben, lief mir ein Schaudern über den Rücken und der Schmerz kam für einen winzigen Augenblick zurück.

Es war der Schmerz, den ich auch empfunden hatte, als mir die Narbe zugefügt wurde. Ich kenne jede einzelne Narbe auf meinem Körper und jede hat ihre eigene Geschichte. Es waren viele Narben und viele Erinnerungen.

Schmerzhafte Erinnerungen, die mir mein ganzes Leben bleiben würden. Ich betrachtete meine grünen Augen und meine tiefschwarzen Pupillen.

Bei dem Gedanken an den heutigen Tag, erweiterten sich meine Pupillen- so als wollten sie ausbrechen und fliehen.

„Ihr könnt nicht fliehen, vor dem was ihr heute sehen werdet!", zischte ich und betrachtete mein langes schwarzes Haar.

„Ich hasse euch!", raunte ich und versuchte den Schmerz auszublenden, den ich meinem langen Haar zu verdanken hatte. Sowohl mein Vater als auch Samiel liebten es, mich durch schmerzhaftes Ziehen an den Haaren an mein falsches Geschlecht zu erinnern. Meine Finger, die immer noch auf der Narbe lagen, glitten weiter, bis nur noch der Zeigefinger auf meinen Lippen lag. Es sah aus, als würde ich mir das Wort verbieten und um Ruhe bitten. Ruhe vor meinen Gedanken und Sorgen. Ich wünschte mir einfach nur Stille. Mein Spiegelbild erinnerte mich an meine Mutter.

Nach den Züchtigungen versorgte sie oft meine Wunden. Wenn ich anfing zu weinen oder mich über die herrschende Ungerechtigkeit beschwerte, verbot sie mir das Wort. Sie legte dann ihre Finger erst auf ihre Lippen, dann auf meine. Ihre Worte hallten immer noch durch meine Ohren.

Lass es über dich ergehen und du wirst für deine Qualen belohnt.

„Heute werde ich belohnt, Polly!", rief ich meinem Spiegelbild entgegen und zwang mich zu lächeln. Da stand ich nun, betrachtete meinen verschandelten Körper und lachte.

**

Ich dachte an Gabriel und versuchte mein Grinsen beizubehalten. Doch es verschwand, so schnell wie es gekommen war. Es lag an Gabriel, ob wir eine realistische Chance haben werden, aus Bliss Liberty zu fliehen. Eine Narbe mehr im Gesicht war meines Erachtens ein geringer Preis für die Freiheit. Heute darf er sich keine Menschlichkeit erlauben, denn Menschen machen Fehler.

Er muss nur zielen, schießen und treffen.

Mich treffen.

„Gabriel, du bist mein Geschenk Gottes!", flüsterte ich, während mir eine Träne die Wange herunterlief.

„Ein Geschenk, das mich beschützen und gleichzeitig verletzten wird."

**

„Polly? Darf ich reinkommen?"

Ich erschrak. Die Stimme meiner Mutter riss mich aus meinen Gedanken. Schnell wischte ich mir die Träne aus dem Gesicht und versuchte mein, allzu gut geübtes, Lächeln aufzusetzen.

„Ja, Mum!", sagte ich leise - wie benommen.

„Ach, du sollst mich nicht mehr so nennen. Das hatten wir doch besprochen. Du bist kein Teil mehr dieser Familie. Ab heute bist du das Eigentum von Gabriel DiFloid", erwiderte sie scharf.

„Es tut mir leid. Warum bist du hier?", fragte ich, um meine Gedanken schnell von den verletzenden Worten meiner Mutter abzulenken.

Sie hielt mir etwas Faustgroßes vor die Augen, das in ein weißes Baumwolltuch eingewickelt war. Bevor ich fragen konnte, um was es sich bei diesem Gegenstand handelte, fing sie an zu erzählen.

„Meine Mutter gab es mir zu meiner Entsendung. Sie meinte, dass ich mich damit stärker fühlen könne. Natürlich durfte ich es nie gegen Jordan anwenden, aber du fühlst dich sicherer", sagte sie. Meine Mutter kam einen Schritt auf mich zu und streckte ihre Hand aus. Sie hob das Tuch und ein kleines Messer kam zum Vorschein. Ihre knochigen

Hände zitterten. Das Messer sah alt aus und der silberne Griff war angelaufen. Ich wusste sofort, dass der ideelle Wert des Messer schon vor vielen Jahren den materiellen Wert überschritten hatte.

„Willst du damit etwa sagen, dass ich versuchen soll mich zu wehren?", fragte ich zögernd.

„Wehren. Was ist schon wehren?", murmelte sie.

„Ich versuche dich nicht auf schlechte Gedanken zu bringen. Das könnte ich niemals wagen. Dafür würde ich auf den Sündenstuhl kommen. Es ist nur ein Gegenstandmit dem du wilde Tiere einschüchtern kannst."

Ich wusste, dass sie mit wilden Tiere keine Wildtiere meinte, sondern die Männer aus Bliss Liberty. Das sagte mir ihr Blick, der nun ängstlich zur Zimmertür fiel.

„Es war ein Fehler, dir dieses Messer zu geben, Polly. Vergiss was ich gerade gesagt habe...", sagte sie schnell und stand auf.

„Nein, es war nicht falsch. Danke für das Geschenk!", erwiderte ich rasch. Ich ging auf meine Mutter zu, die sich bereits wieder von mir entfernt hatte und nahm ihre Hände in die meine. Mir fiel auf, dass es eine Ewigkeit her war, seit ich sie zuletzt berührt hatte. Mir lief wegen der Wärme, die ihre Hände ausstrahlten, ein weiterer Schauder über den Rücken. Ich nahm nickend das kleine Klappmesser entgegen und umschloss es mit meiner Hand.

„Danke!", flüsterte sie. Ich war mir nicht sicher, weshalb sie sich bei mir bedankte. Doch mir wurde klar, dass meine Mutter mir gerade mehr als nur einen Gegenstand überreicht hatte. Es war ihr Segen für mich und meine Suche nach der Freiheit. Die Freiheit, die sie in ihren jungen Jahren nicht finden konnte.

Jordan befahl mir, mein geliebtes weißes Blumenkleid anzuziehen. Kurz nachdem meine Mutter das Zimmer verlassen hatte, kam er hinein und setzte sich auf mein Bett.

„Heute ist es endlich soweit! Du wirst verschenkt. Gut, dass wir endlich einen Jungen gefunden haben, der auf deinem Niveau steht".

Er lachte spöttisch und ich merkte, wie die Wut über seine Worte in mir hochkam.

„So brauchen mich deine ungehorsamen Vorhaben nicht weiter beschäftigen. Allerdings glaube ich, dass ich meine Rolle als Vater noch nicht ganz erfüllt habe. Eine Sache fehlt noch. Du musst wissen, dass dies das einzig Gute an der Tatsache ist, eine Tochter zu haben", fuhr er fort.

„Welche Sache denn? Deine Freude daran, mich ein letztes Mal züchtigen zu können oder was?", entfuhr es mir.

„Werde ja nicht frech, du Genkrüppel!", schrie er auf mich ein. Doch seine Worte lösten keinerlei Angst in mir aus. Es waren die gleichen Worte, die ich schon jahrelang zu hören bekam, kurz bevor er mich schlug, auf mich einprügelte oder sonst irgendwie bestrafte. Ich schaute ihm in die Augen, doch ich konnte seinen gewohnten Enthusiasmus nicht erblicken. Ich sah etwas Neues, Unerwartetes. Es war reine Wollust, die sich in seinen Augen widerspiegelte. Lust auf mich, seine Tochter. Solch ein Blick meines Vaters hatte ich bisher nur gegenüber meiner Mutter gesehen. Kurz nach diesen Blicken zog mein Vater sie ins Schlafzimmer. Damals freute ich mich immer, dass mein Vater den restlichen Tag ruhig und entspannt war. An solchen Tagen bestrafte er mich nur selten. Doch an diesem Tag war es nicht meine Mutter, die ihm gute Laune bescheren sollte.

**

„Zieh dich aus. Zeige dich mir, wie Gott dich erschaffen hat. So wie ich dich erschaffen habe", befahl er mir und stieß mich auf mein Bett.

11:00 Uhr

Ich stand bereits zum zweiten Mal heute vor meinem Spiegel. Doch dieses Mal nicht mehr als Mädchen, sondern als Frau.

Ich trug mein weißes Blumenkleid, so wie es mir mein Vater befohlen hatte. Um mein Kleid nicht mit dem Blut zu beflecken, dass mir immer noch die Beine hinunterlief, versuchte ich meinen Unterleib zu verkrampfen und befahl ihm kein weiteres Blut mehr aus mir hinaus zu lassen. Ich erblickte das Blut, welches sich trotz aller Bemühungen, durch den Stoff meines weißen Kleides bahnte und schließlich sich zu einem großen roten Fleck im Schritt ausbreitete. Bei dem Anblick des Blutes musste ich an die letzten Worte meines Vaters denken.

„Jetzt bist du bereit für deinen Herrscher DiFloid und ich habe meine Rolle als Vater erfüllt", flüsterte er mir lachend ins Ohr, während er seine Hose zuknöpfte und schließlich mein Zimmer verlies.

**

Die letzte Stunde war die schlimmste Stunde meines Lebens und gleichzeitig die letzte, die ich mit meinem Vater verbringen musste. Dieser Gedanke hielt mich davon ab, hier und jetzt meinem Leben ein Ende zu setzen. Dieser Gedanke und Gabriel DiFloid. Mein Engel, der mich stets beschützen wird. Um 13 Uhr werde ich Gabriel geschenkt, werde einen Streifschuss erhalten, um endlich einen Plan schmieden zu können, der uns in die Freiheit führen würde.

Um 13 Uhr wird mein neues Leben beginnen.

Unser neues Leben.

12:00 Uhr

„Wo sind Mum und Dad?"

„Für dich sind *meine* Eltern nur noch Blocker Jordan und seine Frau Elisabeth Jordan!", verbesserte mich Samiel energisch und ergötzte sich wie sooft an seiner Macht.

„Ja und wo sind sie nun?", fragte ich noch einmal.

„Sie sind bereits in das Sol noctis gegangen, um zu überprüfen, ob alles unseren Ansprüchen entspricht", antwortete Samiel und versuchte meinen respektlosen Tonfall zu überhören.

„Was für Ansprüche? Ansprüche auf einen schön geschmückten Saal, in dem ein Schuss an den Kopf schön und förmlich aussehen soll?", murmelte ich gerade mal so laut, dass es Samiel noch hören konnte, der mir bereits wieder den Rücken zugekehrt hatte. Er drehte sich ruckartig zu mir und packte mich an den Haaren.

„Am liebsten würde ich dir jetzt so richtig eine kleben", bebte er los.

„Aber leider hat mir Dad verboten dich heute nochmal zu schädigen. Obwohl ein blaues Auge gut zu deinem bescheuerten Blümchenkleid passen würde", grölte er los. Ich schaute nach unten und überprüfte, ob mir es gelungen war, den Blutfleck komplett auszuwaschen. Man sah nichts mehr, doch für mich war das Blut noch da. Es wird niemals mehr verschwinden.

Samiels Worte drangen kaum zu mir durch. Ich versuchte vergebens die letzten Stunden zu vergessen. Den Geruch meines Vaters, den ich noch nie so stark ertragen musste, seinen Blick, der über mir herrschte und seine leise Stimme, die mir ins Ohr flüsterte. Ich ekelte mich vor ihm. Aber noch mehr ekelte ich mich vor mir selbst. Ich hatte es zugelassen. Wenn Samiel wüsste, was mir angetan wurde, würde er meinen, dass ich es verdient hätte. Ich hatte es verdient, denn ich war nicht mal dazu in der Lage, mich für Gabriel so zu verteidigen, dass er das bekommt, was man ihm versprochen hat: ein reines Mädchen.

**

„Dad meinte, dass ich dich jetzt zu der Zeremonie bringen soll", sagte Samiel und schaute mir tief in die Augen.

„Kannst du dich auf dem Weg dorthin benehmen oder soll ich ihn holen?", fragte er mich.

„Nein!", entgegnete ich schnell, nachdem Samiel mich wieder voll und ganz in die Realität gebracht hatte.

„Ich werde brav sein. Versprochen!"

„So gefällt es mir. Eine unterwürfige Polly. Fast schon eine Seltenheit!", lachte er. Ich lachte nicht, denn für mich ging nun der Terror weiter.

Wir gingen durchs Zentrum, bis wir das große Gebäude namens Sol noctis erreicht hatten. Sol noctis war für die Libertane ein heiliger Ort. Hier war ganz Bliss Liberty vereint. Der Guru bezeichnete es immer als die Sonne im dunkelsten Tal. Hier findet jeder Libertane Zuflucht und seinen verdienten Segen. Es gehörte, neben dem Haus des Gurus, zu den größten Gebäuden in Bliss Liberty.

Der Weg dorthin dauerte nur zehn Minuten, doch es fühlte sich an wie eine Ewigkeit. Jedes Mal, wenn ein anderer Libertane uns sah, grüßte er und gratulierte mir. Ich versuchte zu lächeln, doch die immer noch starken Schmerzen in meinem Unterleib machten dies fast unmöglich. Ich bemühte mich, optimistisch zu denken und Gabriel mein volles Vertrauen zu schenken. Meine Gedanken wurden aber immer wieder von Samiel unterbrochen und machten es noch schwerer, ruhig zu bleiben. Er spürte, dass ich nervös war, was er direkt anfing auszunutzen. Er öffnete den Mund und holte Luft. Ich wusste, dass er es schaffen würde all meine Hoffnungen innerhalb einiger Sekunden auszulöschen, als wären sie nie da gewesen.

**

„Na, wie geht es eurem Wunder, Polly?", fragte er mich ohne mit der Wimper zu zucken. Ich blieb stehen und rang nach Luft. Dieser Satz hatte gereicht, um mir den Boden, mit all der Hoffnung, die ich hatte, unter den Füßen wegzureißen.

„Samiel, was meinst du damit?", fragte ich und versuchte mir nichts anmerken zu lassen, doch meine Stimme, die bei den Worten zerbrach, verriet mich.

„Ach Polly. Dumme, kleine Polly. Denkst du etwa, dass ein Blocker euch helfen könnte. Und dann noch so ein unerfahrener. Der Hurensohn bat mich darum, meine Schicht heute mit ihm zu tauschen. Er wollte sicherstellen, dass Bliss Liberty an so einem wichtigen Tag, wie diesen geschützt ist."

Er lachte und fuhr mit bebender Stimme fort.

„Ich habe euer kleines Spielchen durchschaut. Du und der kleine Nichtsnutz von DiFloid wollten heute eine Schande über ganz Bliss Liberty legen. Aber nein, ich sorge dafür, dass du niemals frei sein wirst. Das habe ich mir feierlich geschworen."

Seine Stimme war so ruhig und selbstsicher, dass man meinen könnte, er spräche von einer bereits sicheren Sache. Er war sich sicher, dass er an dem heutigen Tag die Oberhand behält, doch er unterschätzte die Kraft der Hoffnung.

**

Die Hoffnung war mir allerdings in diesem Moment verwehrt. Von weitem sah ich bereits das strahlend weiße Gebäude.

Das Sol noctis war ein großes scheibenförmiges Gebäude aus weißen Kalksandsteinen. Über dem Eingang prangerte der Spruch „Bliss Liberty lässt dich grüßen". Die Buchstaben waren mit roter Farbe geschrieben.

Als ich klein war, wurde uns Kindern erzählt, dass die Inschrift mit echtem Blut derer geschrieben wurde, die versucht hatten, Bliss Liberty zu entehren. Im Laufe des Älterwerdens wurde dies schnell als reines Schauermärchen abgestempelt.

Doch als ich an diesem Tag unter dem Eingangstor stand und auf den Satz hinaufblickte, wunderte ich

mich darüber, jemals an der Geschichte gezweifelt
zu haben.

13:00 Uhr

Als die schweren Türen aufgingen und ich in das Sol noctis sehen konnte, musste ich schlucken. Gabriel stand am anderen Ende des runden Raumes. Neben ihm stand sein Vater, Azrael DiFloid, der ihn stolz betrachtete und dann seinen Blick auf mich richtete. Beide trugen den gleichen festlichen Zweiteiler aus einer schwarzen Hose und einem weißen Hemd. Ich sah, dass beide das Zeichen von Bliss Liberty als Ansteckbrosche in Höhe des Herzens trugen. Die Brosche wurde von allen Libertanen „Libertus" genannt. Sie stellt einen Vogel da, der aus einem Käfig fliegt. Mit dem Vogel identifizierten sich alle Libertane. Sie sahen den Beitritt zu Bliss Liberty als Enthüllung von den weltlichen Ketten und hofften in Bliss Liberty die wirkliche Freiheit zu finden.

**

Ich bekam Angst, als ich Gabriel ebenfalls schlucken sah. Ich versuchte seinen Blick zu erhaschen, der auf mich fiel, doch er ließ keinen Augenkontakt zu. Er wandte sich ab und blickte auf den leeren Platz neben seinem Vater. Der Platz war für seine Mutter reserviert. Ich wusste nicht viel über sie. Mein Vater meinte oft, dass sie die Ehre von Bliss Liberty verraten hatte und auf dem Sündenstuhl

110

war. Mir war also klar, dass diese Lücke an dem heutigen Tag nicht mehr gefüllt würde. Ich schaute wieder zu Gabriel und hoffte auf einen beruhigenden und starken Blick, doch stattdessen bekam ich einen Tritt von Samiel, der immer noch hinter mir im Eingang stand.

„Geh endlich zu, du dumme Gans!", raunte er mir ins Ohr, schob sich vorbei und ging im Stechschritt zu den Stühlen, die auf der linken Seite des Sol noctis aufgestellt waren. Er setze sich neben meinen Vater. Neben ihm saß meine Mutter, die einzige Person aus meiner Familie, welche ich nicht zutiefst verabscheute.

Erst jetzt fielen mir die vielen Leute auf, die festlich gekleidet dasaßen und auf den Höhepunkt von Gabriels Geburtstag warteten. Sie warteten auf sein Geschenk. Sie warteten auf mich.

„Du schaffst das, Polly. Glaub an dich!", hörte ich mein Inneres zu mir sagen. Ich setze mich langsam in Bewegung. Ein Schritt nach dem anderen. Schritt für Schritt.

Auf der Hälfte des Weges sah Gabriel mich plötzlich an. Sein Blick war von tiefstem Schmerz und Angst geprägt. Ich sah, wie sich sein Gesichtsausdruck verdunkelte und meinte für einen Augenblick Wut darin zu sehen. Meine Angst stieg erneut in mir auf und wandelte sich in Verzweiflung um. Ich spürte, dass die Wut nicht mir galt, aber mir wurde durch sie bewusst, dass Gabriel zu schwach war, um mich beschützen zu können. Mir wurde klar, dass er es nicht schaffen würde, hier und jetzt die Waffe gegen mich zu erheben. Ohne darauf gefasst zu sein, spürte ich, wie eine Träne sich den Weg auf meiner Backe suchte, bevor ich es verhindern hätte können. Ich blickte zu meiner Mutter, die bloß den Kopf vor Mitleid senkte. Sie konnte das Leid in meinem Blick nicht ertragen. Ein geräuschloser Schlag meines Vaters traf meine Mutter mitten ins Gesicht, sodass die Platzwunde an ihrer Lippe nochmals aufriss und Blut hinaustropfte.

**

Ich wischte mit einer schnellen Handbewegung über meine Backe und ging die letzten Schritte bis nach vorne. Ich stand nun etwa zwei Meter von Gabriel entfernt. Plötzlich hörte ich, dass sich ruckartig die Hintertür öffnete und sah, wie das komplette Auditorium sich erhob und im Einklang „Bliss Liberty lässt dich grüßen!" rief.

Ich drehte mich zu der Stimme um, die den Satz erwiderte und sah den Guru. Er trug eine strahlend weiße Kurta, die mit goldenen Pailletten bestickt war. Durch sein ebenfalls helles Haar machte er den Anschein, er würde leuchten - geradezu strahlen. Er ging zu Gabriel und überreichte ihm eine vergoldete Schachtel. Er zögerte, doch schließlich öffnete er sie und sah hinein. An seinem erstarrten Gesichtsausdruck wurde mir klar, was in ihr war. Es war die Miquelet Pistole des Gurus.

„Die Pistole hat einen Schuss!", ertönte die Stimme des Gurus.

„Nutze deinen Verstand und habe dein Ziel stets vor Augen", fügte er hinzu und ging einen Schritt zur Seite.

Meine Beine fingen an zu zittern und ich sah Gabriel verzweifelt an, doch er schaute durch mich hindurch, ohne meinen Blick zu sehen. In mir drehte sich alles, bis ich langsam einen Schritt zurücksetzte.

Schritt für Schritt ging ich zurück.

Es waren kleine Schritte, doch es waren Schritte. Im Blickwinkel sah ich, wie mein Vater sich erhob. Er kam auf mich zu, doch ich machte noch einen Schritt hinter mich. Er packte mich am Arm und schleifte mich wieder vor zu ihm, meinem Schutzengel Gabriel. Er stieß mich zu Boden und zischte ihm ins Ohr:

„Und beeil dich, oder soll ich dir erst eine Kugel verpassen, du Missgeburt?!"

„Nein! Stark ist der, der die Waffe hält. In diesem Moment spielt alles andere keine Rolle mehr!", brüllte Gabriel, hob die Waffe und schaute seinem Ziel ins Gesicht. Er drückte ab.

Bliss Liberty 2000 / 13:30 Uhr

Es war Totenstille. Polly sank zu Boden und ihr Kleid sog das Blut auf, wie ein trockener Schwamm das Wasser. Pollys Mutter schrie auf und brach schluchzend zusammen. Samiel sprang auf und brüllte meinen Namen.

„Gabriel DiFloid! Tötet den Verräter, Gabriel DiFloid!", schrie er und blickte auf die Leiche seines Vaters. Neben ihm lag Polly in der Blutlache ihres Vaters, dem immer mehr Blut aus dem Schussloch an seinem Schädel floss. Polly zitterte und war wie in Trance. Nun erhoben sich immer mehr Libetane und blickten auf die Leiche am Boden.

„Polly, komm her. Wir müssen weg!", brüllte ich und versuchte sie wieder in die Realität zu holen. Sie blickte mich an, doch sie bewegte sich nicht.

„Mein Kleid ist voller Blut. Zum zweiten Mal heute schon!", brach es lachend aus ihr heraus.

„Und beide Male ist mein Vater schuld!", fügte sie hinzu und lachte noch mehr. Plötzlich hörte man, wie sie neben dem Lachen anfing zu schluchzen. Doch sie machte immer noch keine Anstalten sich zu bewegen. Sie kniete neben ihrem toten Vater, lachte und weinte zugleich. Und die restlichen Libertane realisierten langsam, was ich getan hatte. Anstelle Polly einen Streifschuss zu verpassen, hatte ich eine der wichtigsten Persönlichkeiten aus Bliss Liberty getötet. Das galt als Hochverrat und wurde mit dem eigenen Tod bestraft.

Doch kein anderer Libertane rührte sich von seinem Platz. Fünf Meter von mir entfernt stand der Guru. Ich schaute dem Guru in die Augen und erblickte, wie er sich schließlich an sein linkes Bein griff. Blitzschnell zog er seine Waffe, die in seinem Knöchelholster versteckt war, heraus und richtete sie erst auf mich, dann auf Polly. Entsetzt blickte ich ihn an.

Warum hat er seine Waffe auf Polly gerichtet, statt auf mich, den Verräter? So, wie es Samiel noch immer aus vollem Leibe brüllte.

„In Bliss Liberty wird nicht geweint, Schätzchen. Auch nicht, wenn man gerade durch seinen *Freund* sein Todesurteil erhalten hat", sagte der Guru mit sanfter Stimme, die so ruhig war, dass sie schon wieder gefährlich klang. Während er zu Polly sprach, kam er ihr immer näher, bis er direkt vor ihr stand, sich bückte und ihr die Waffe an die Schläfe hielt.

**

Mein verzweifeltes Schreien, welches ihn anflehte mich zu erschießen und Polly gehen zu lassen, ließ ihn nicht davon ab immer weiter auf sie einzureden. Es schien sogar, dass er sich durch meine Qual in seinem Handeln bestätigt fühlte. Polly blickte zu ihm auf und schaute ihm ins Gesicht, direkt in die Augen.

„Sei nicht so respektlos, kurz vor deinem Tod!", brüllte er zu ihr und schlug sie mit der Pistole an den Kopf. Sie stöhnte auf, doch sie senkte nicht ihren Blick. Im Gegenteil, sie fing erneut an zu lachen.

Es ging alles blitzschnell. Polly sprang auf, zückte ein Messer aus ihrer Kleidertasche, welches sehr alt aussah, und stach zu. Der Guru schrie auf und sank zusammen, direkt neben Jordan. Er versuchte Polly am Bein festzuhalten, doch ich trat ihm auf die Hand. Er schrie zum zweiten Mal auf und ließ schließlich von ihr ab. Ich packte Polly am Arm und rannte mit ihr zur Hintertür. Ich rüttelte an ihr, doch sie war verschlossen. Ich fing an zu realisieren, was wir gerade gemacht hatten und versuchte immer panischer an der Tür zu ziehen. Ich schaute hinter mich und sah, wie Samiel, gefolgt von wütend blickenden Libertanen, auf mich zulief und sich im Stechschritt die Pistole aus dem Holster seines Vaters griff und damit rumfuchtelte. Ich hielt immer noch die verschlossene Tür in meiner Hand, als sie plötzlich von außen aufgerissen wurde. Vor mir stand Alex DiMoné.

**

„Schnell, rennt weg! Ich verschaffe euch einen Vorsprung. Lauft zum großen Tor. Dort sollte Samiel jetzt Aufsicht haben, doch der wollte ja unbedingt dich ein letztes Mal leiden sehen, Polly. Ich werde Samiel den Weg blockieren. Genießt eure Freiheit, die ich nie haben werde", rief er uns entgegen, während er sich vor uns drängte und auf Samiel zu lief.

„Warum tust du das, Alex? Warum?!", schrie Polly und machte keine Anstalten wegzurennen. Ich versuchte sie wegzuziehen, doch sie stemmte dagegen.

„Komm schon, Polly. Sonst war alles umsonst!", brüllte ich auf sie ein. Sie nickte langsam, doch ihr schmerzverzehrter Blick war immer noch auf Alex gerichtet. Ich zerrte sie durch die Tür, doch es war zu spät. Samiel hatte ohne Zögern seine Waffe auf die Stirn von Alex gerichtet und drückte mit den Worten *„Elender Verräter"* ab. Polly schrie auf und rannte los. Ich rannte auch und nun fing ich an zu schreien.

**

„Warum? Warum hat er das getan? Wieso hat er sich für uns geopfert?", schrie ich heulend.

Ich stürzte, rappelte mich wieder auf und hörte nicht auf zu rennen, obwohl ich keine Luft mehr bekam und Blut in meinem Rachen schmeckte. Wir rannten vom Sol Noctis weg in Richtung des großen Tors, aus dem Zentrum hinaus durch die zweite Zone, dann erreichten wir die dritte. Als wir endlich den Wald sahen und ich geradewegs darauf zu rannte, bemerkte ich, wie Polly langsamer wurde und schließlich stehen blieb.

„Was machst du, Polly? Nicht stehen bleiben! Wir haben es doch fast geschafft!", brüllte ich und blickte panisch hinter mich, um sicher zu gehen, dass unsere Verfolger uns noch nicht eingeholt hatten.

„Hier hat alles angefangen und hier wird es auch enden", sagte sie, während ihr Blick glasig wurde und sie in die Ferne schaute.

„Siehst du, wo wir sind? Da vorne hat es begonnen", fügte sie hinzu und zeigte auf die Stelle des Zauns, an dem ich zum ersten Mal mit Polly geredet hatte. Sie hat mich davon abgehalten, die Münze über den Zaun zu werfen. *Damit hat alles begonnen.* Jetzt verstand ich ihre Worte, doch die immer lauter werdenden Geräusche der Verfolger brachten mich wieder in das Hier und Jetzt.

„Ich weiß, Polly. Ich erinnere mich. Aber wenn wir nicht sofort von hier verschwinden, waren alle Qualen und Opfer umsonst!", schrie ich nun noch lauter.

„Deine Mutter, Sky, der Guru, Alex DiMoné, mein Vater... So wie es für die hier geendet hat, so wird es auch für uns enden. Hier wird *alles* enden!", wiederholte Polly ihre Worte von gerade eben und fing an zu schluchzen.

„Ich will noch nicht sterben. Nicht hier, wo alles begonnen hat."

Ich spürte einen Stich im Herzen, als Polly all die Namen derer ausgesprochen hatte, die wegen unserem Vorhaben gestorben sind.

„Ich weiß, Polly. Aber unser Schicksal hat uns bis hierhergebracht. So wird es uns auch noch von hier wegbringen. Für uns ist das nicht das Ende. Versprochen!", sagte ich in der Hoffnung, dass es Polly Mut schenkte.

Und es wirkte. Ihr Blick wurde wieder klar und wendete sich mir zu. Sie nickte und setzte sich wieder in Bewegung. Wir rannten weiter und ich hoffte, dass mein Versprechen, das ich Polly gerade gegeben hatte, nicht an diesem Tag gebrochen wird.

**

Ich schaute nur nach vorne, bis ich das Tor sah, was immer näher zu scheinen kam. Das große Tor war die einzige Stelle am Zaun, die nicht mit Stacheldraht umwickelt war, weil es normalerweise rund um die Uhr von einem bewaffneten Blocker bewacht wurde. Doch heute war keiner da. Es war Samiels Schicht, welche er versäumte. Die Tat, die unseren letzten Schritt in die Freiheit möglich machte. Mit letzter Kraft kletterten wir über das eiserne Tor. Es war zwar kein Stacheldraht da, aber ich unterschätzte im Eifer des Gefechts die nassen Eisenstangen. Ich versuchte mich an einer Stange hochzuziehen, doch ich rutschte ab und stürzte auf der gleichen Seite wieder hinunter. Ich landete auf dem kalten und harten Boden.

Ich stöhnte vor Schmerz. Polly war bereits am oberen Ende der Drahtstangen angelangt und wollte mir die Hand reichen, als sie das Gleichgewicht verlor und auf die andere Seite stürzte. Dabei riss sie sich an den spitzen Enden der Stangen ihr Bein auf, ohne es wahrzunehmen und Zeit für Schmerzen zu finden. Ich sah, wie sie ihren linken Schuh verlor, der an den Drahtstangen hängenblieb.

Ich kletterte aufs Neue hoch und schaffte es. Ich sah Pollys Blutspuren auf den Stangen und fragte mich einen Moment lang, ob es wohl die letzte Verletzung war, die Polly durch Bliss Liberty ertragen musste. Ich versuchte an ihren Schuh zu kommen, doch er war zu weit weg. Ohne weitere Zeit zu verlieren, stürzte ich ihr hinterher auf die andere Seite. Ich zögerte keine Sekunde, Polly meinen linken Schuh zu geben. Ich wusste, dass sie ihn dringender brauchte. Noch mehr Wunden an ihrem Bein und es wäre unmöglich für sie gewesen zu rennen. Und nun *mussten* wir rennen.

Rennen um unser Leben.

Ich hielt einen Moment inne. Plötzlich waren alle Pläne und alles Wissen über die Außenwelt weg. In meinem Kopf war nur noch Leere, und die Realität mit unseren Taten übermannte mich. Es war das erste Mal in unserem Leben, dass wir die Grenzen Bliss Libertys überschritten hatten.

Während wir uns aufrappelten, wurde uns bewusst, dass wir es geschafft hatten. Ich realisierte erst jetzt, was nun auf uns zukommen wird.

Ein Leben in Freiheit, ohne jemals wieder das Gefühl von Unterdrückung oder Schmerz empfinden zu müssen. Meine Träume über die Welt außerhalb von Bliss Liberty konnte nun Realität werden. In der Euphorie traf mich der Gedanke an Alex DiMoné, der unseretwegen gestorben war.

**

Wir liefen quer in den Wald hinein, ohne zu wissen, wie groß die Welt auf dieser Seite des Zauns war. Wir rannten und rannten, bis unsere Füße bluteten. Mit jedem Meter, den wir weiter weg von Bliss Liberty liefen, kamen immer mehr Schuldgefühle in mir hoch. Ich merkte, dass es Polly genauso ging. Wir rangen nach Luft und wischten uns mit den blutverschmierten Fingern die Tränen aus den Augen. Doch wir hörten nicht auf zu weinen. In meinem Kopf war nur Platz für Fragen und ich wusste, dass Polly das Gleiche dachte.

Warum musste es soweit kommen?

Wieso hatte Alex sich für uns geopfert?

Wo sollen wir jetzt nur hin?

Wie weit müssen wir laufen, um diesem Albtraum für immer zu entfliehen?

2.Teil

Belion Forest - Die Heimat des Friedens

Bliss Liberty - Belion Forest 2000

„Ich hoffe, dieses Blut ist von dem Bastard, der meine Schwester mit Sünden besudelt hat", brüllte Samiel vor Wut, als er endlich mit seinen Kumpels, die ebenfalls Blocker waren, das große Tor erreicht hatte und Pollys Blut an den Drahtstangen kleben sah.

„Weit können diese Sünder nicht gekommen sein. Wir werden deinen Vater wahrscheinlich noch heute rächen!", versuchte Felix ihn zu beruhigen, der hinter Samiel am Tor stand und nach Luft rang.

„*Wahrscheinlich?!* Natürlich werde ich dieses Arschloch noch *heute* in die Finger bekommen und so lange mit meinem Jagdmesser bearbeiten, dass er mich anflehen wird ihn zu töten. Was denkst du denn, du Weichei?", schnauzte er Felix an, der einen Schritt nach hinten setzte.

Doch es war nicht weit genug zurück, denn Samiel zog sein Jagdmesser aus seiner Hosentasche und schlug mit dem Hinterteil des Griffes nach Felix und traf ihn an der Schläfe. Dieser taumelte und fiel schließlich zu Boden, während er sich an den Kopf fasste. Samiel ließ das Jagdmesser aufschnappen und schaute zu seinem restlichen Gefolge aus Libertanen, die teilweise wesentlich älter waren, doch trotzdem ihm gehorchten.

„Jetzt ist der arme Felix wohl nicht mehr so glücklich wie sein Name!", lachte er los. Seine Gefolgschaft lachte vorsichtig, in Angst genauso zu enden.

„Los, was ist jetzt? Lasst uns diesen DiFloid jagen und erlegen. Aber mir gehört sein letzter Atemzug. Also wagt es nicht ihn zu töten. Wenn ihr ihn findet, schießt ihm ins Knie, dass er nicht weiterlaufen kann", fügte Samiel hinzu und lief durch das Tor in den Wald. Hinterher etwa zehn bewaffnete Libertane, die alle die Ausbildung zum Blocker genossen hatten.

„Los, verteilt euch!", befahl er seinen Leuten.

„Wir kriegen dich, du Bastard und deine kleine Polly wird auch heute noch in meiner Gewalt sein. Ich werde heute noch dein Blut vergießen", fügte er hinzu und lief querfeldein in die Dunkelheit.

Belion Forest 2000

„Aua, ich kann nicht mehr!", schluchzte Polly. Ich sah auf ihr Bein, welches ununterbrochen weiterblutete. Mit sorgenvollem Blick schaute ich von ihrer tiefen Schnittwunde am Bein, zu unserem zurückgelegten Weg. Und dann sah ich es.

Ich schrie vor Schreck auf. Pollys Blut war wie eine Spur, die vom großen Tor direkt zu uns führte.

„Scheiße, Scheiße, scheiße! Was sollen wir jetzt bloß tun? So werden uns die Libertanen sofort finden", rief ich, während ich mit dem Finger auf die Blutspur zeigte. Polly warf ihre Hände auf ihr Gesicht und fing wieder an zu weinen. Sie weinte, ohne eine einzige Träne zu verlieren, so, als gäbe es nur eine bestimmte Anzahl an Tränen, die für einen Tag bestimmt waren. Und für den heutigen Tag hatte sie alle bereits aufgebraucht. Ich versuchte sie zu trösten, doch meine Angst, dass sie uns finden, stand mir ins Gesicht geschrieben.

„Lauf weiter! Ohne mich kannst du es schaffen. Du kannst unseren Traum leben, aber wenn du bei mir bleibst, werden sie uns beide finden und töten", sagte Polly gefasst und versuchte dabei, nicht noch mehr zu schluchzen.

Jetzt konnte ich mich nicht mehr beherrschen und fing wieder an zu weinen. Vor Wut und vor Enttäuschung auf mich selbst.

Ich hätte es besser planen können.

Ich hätte es besser planen *müssen!*

Ich habe Pollys und mein Leben in Gefahr gebracht mit einer Tat, hinter der kein Plan steckte. Aber so durfte es nicht enden.

„Nein! Ich lasse dich nicht hier zurück. Alleine zu leben, während du stirbst, ist schlimmer als gemeinsam zu sterben. Wir schaffen das, Polly!"

Ich bekräftigte meine Worte damit, dass ich meine Hände zu Fäusten ballte und damit auf den Boden schlug.

„Ich habe eine Idee, wie wir die Blutung stoppen können", sagte ich und versuchte einen Teil meines Hemdes, welches heute Morgen noch weiß war, jetzt aber mit Blut und Schmutz verunstaltet war, abzureißen und damit einen Verband zu machen.

Während Polly sich tapfer auf die Faust biss, schnürte ich ihr das Bein oberhalb des Knies ab und bedeckte die Wunde mit einem Fetzen meines Hemdes. Ich überlegte kurz, wie ich den Stofffetzen befestigen konnte, und musste schmunzeln.

„Schau mal. Meine Libertus Brosche. Damit kann ich den Verband an deiner Wunde zusammenhalten", rief ich aus und hoffte auf ein kleines Lächeln von Polly.

„Der Vogel, der in die Freiheit fliegt!", kicherte Polly und ich sah für einen Moment ein kleines Funkeln in ihren Augen.

„Gabriel, wir sind nun die Vögel, die in die Freiheit fliegen!",
fügte sie hinzu und stand auf.

„Lass uns in die Freiheit fliegen!", flüsterte ich, schaute sie an
und wir liefen weiter, während ich Polly nun stützte. Ihre Kräfte
waren nun endgültig aufgebraucht.

**

Noch immer sahen wir nichts als Wald und Dunkelheit. Ich
spürte, wie Polly Schritt für Schritt mehr Kraft aufbringen
musste, um einen Fuß vor den anderen zu setzen. Selbst ich
war todmüde und erschöpft. Ich wollte mir nicht ausmalen, wie
schlecht es in diesem Moment Polly ging, die an diesem Tag
einiges mehr als ich durchmachen musste.

„Wir müssen eine Pause machen, sonst erleben wir den
nächsten Tag nicht mehr. Lass uns ein bisschen ausruhen. Noch
haben wir den Schutz der Dunkelheit. Wenn wir leise sind,
werden uns die Libertanen nur schwer finden können."

„Danke!", hauchte Polly und schaute sich um.

Wir fanden einen umgefallenen Baum, der an einem Hang lag,
sodass man sich darunterlegen konnte, ohne gesehen werden
zu können. Als wir so dalagen, bemerkten wir erst jetzt, dass es
sehr kalt war und wir weder Jacken, geschweige denn Decken
hatten. Wir versuchten uns gegenseitig Wärme zu schenken.
Polly zitterte, doch ich wusste nicht, ob es an der Kälte oder an
ihrer Angst lag. Leise fing ich an ein Lied zu singen. Die Worte

kamen mir nur schwer vor Erschöpfung über die Lippen. Es war meine Seele, die die Zeilen des Liedes formten.

„Ich bin hier und du bei mir. Unsre Freiheit bewacht vom Mond, von den Bösen für immer verschont. Der Wald gibt uns die Tapferkeit, auf ewig zu leben in Sicherheit. Schlaf nun ein, ich bleib ja hier. Du bist nicht allein, ich bei dir und du bei mir. Wir sind frei, der Schrecken ist vorbei."

Zittern vor Kälte, Erschöpfung und Angst fiel ich in einen unruhigen Schlaf.

**

„Psst, Gabriel! Wach auf."

Pollys Worte rissen mich augenblicklich aus dem Schlaf.

„Es ist schon wieder hell. Schau mal, wo die Sonne steht. Es ist wahrscheinlich schon Mittag", fügte sie hinzu und zeigte auf die Sonne, die über uns stand und wie ein grelles Licht direkt auf uns zeigte, als wollte sie unseren Standort verraten.

„Du hast Recht. Wir müssen weiter, bevor uns die Libertane finden", sagte ich besorgt und stand auf.

Ich schaute über den umgefallenen Baumstamm, der uns in der letzten Nacht beschützt hatte, und blickte hinter uns. Als ich mir sicher war, dass ich nichts Ungewöhnliches sehen konnte, wendete ich mich wieder Polly zu und erstarrte. Ihre Haut war kreidebleich und ihr Blick war glasig, als wären ihre Augen Wassertropfen, die darauf warteten vom Himmel zu fallen.

„Ich glaube, mir geht es nicht so gut", sagte sie und erst jetzt fiel mir ihre zittrige Stimme auf, die ihre Worte nur schwer zustande brachte. Ich ging einen Schritt auf sie zu und schloss sie in meine Arme. Ich versuchte nicht in Tränen auszubrechen, doch es gelang mir nicht.

„Wir schaffen das!", schluchzte ich.

Die Worte waren nicht nur für Polly bestimmt, sondern ich hoffte auch mich selbst davon zu überzeugen. Ich spürte, wie sie sich nicht mehr länger auf ihren Beinen halten konnte und ihr schwacher Körper durch meine Arme, die sie immer noch umklammerten, rutschte und zu Boden sank.

Belion Forest 2000

„Samiel, hier drüben. Schau mal. Ich habe was gefunden, was dich erfreuen wird!", rief ein Libertane aus, der Pollys Bruder gefolgt war.

„Nichts kann mich jetzt *erfreuen*", äffte Samiel ihn nach.

„Oder hast du etwa die Leiche von dem Bastard gefunden?"

Samiel lief zu dem Libertanen, zückte sein Messer und hielt es ihm unter die Nase.

„Na dann, *erfreue* mich mal!"

Der Libertane zeigte auf die Blutspuren, die er gerade noch entdeckt hatte, bevor sich die komplette Dunkelheit über den Wald legte. Und tatsächlich, das Blut erfreute Samiel. Er strich mit seinem Zeigefinger darüber, als würde er ein zerbrechliches Wesen streicheln.

„Es ist warm und noch nicht angetrocknet", hauchte Samiel mit einem Empfinden der vollkommenen Befriedigung.

„Und sieh einer an! Es ist eine Spur. Eine Spur direkt zu unserem Judas. Wie ein Lämmchen, dass versucht, mit dem Messer im Rücken, dass es töten wird, noch zu flüchten, obwohl sein Schicksal bereits geschrieben wurde. Jetzt hat er sich wohl selbst verraten", lachte er aus vollem Leibe mit einem solch bösen Unterton, dass es den Libertanen, der das Blut entdeckt hatte, erschaudern ließ.

Sie verfolgten siegessicher die Blutspur und erwarteten bald auf die Flüchtigen zu treffen, als plötzlich die Spur endete.

„Was soll der Scheiß? Wo ist das Blut?", entfuhr es Samiel, als er panisch, mit dem Blick auf den Boden gerichtet, nach weiterem Blut suchte.

„Wie soll das funktionieren? Kann mir jemand sagen, wie zur Hölle das passieren konnte?", schrie Samiel seine Mitverfolger an.

„Das Lämmchen hat wohl aufgehört zu bluten!", entgegnete Felix lachend, der Samiel eingeholt hatte. Die anderen Libertanen wirkten nun noch blasser, da sie wussten, was nun geschehen würde.

„Lieber Felix, das war dein zweiter Strike und damit einer zu viel!", raunte Samiel ihn mit ruhiger, zu ruhiger Stimme an.

„Verabschiede dich von der Dunkelheit und begrüße das Licht am Ende des Tunnels", fügte Samiel hinzu, zückte sein Jagdmesser, packte Felix an der Schulter und stach zu. Er schnitt ihm den Bauch längs auf, warf ihn zu Boden, als wäre er ein kaputtes Spielzeug und drehte sich um. Er suchte, ohne Interesse für Felix Schreien, weiter nach Blutspuren. Als ihm bewusstwurde, dass seine Suche vergebens war, brüllte er ein letztes Mal Gabriels Namen in den Wald und lief zurück zum großem Tor. Die meisten Libertane folgten ihm zurück, bis auf ein Libertane, Felix Vater, der starr vor Schreck und unfähig sich zu bewegen, neben seinem sterbenden Sohn stand. Er fiel auf die Knie, umklammerte Felix und legte schluchzend seinen Kopf auf den blutenden Bauch seines Sohnes.

„Papa, ich habe Angst. Bitte. . . hilf mir!", brachte Felix keuchend heraus, während ihm das Blut nun auch aus dem Mund floss.

Sein Vater blickte ihn an und nickte langsam. Mit einem letzten Schluchzer zog der Alte seine Pistole, die die Aufschrift *BLB* hatte und legte sie seinem Sohn an den Kopf.

„Ich liebe dich, mein Sohn. Ich bringe dich nun ins Paradies. Dort, wo du keine Schmerzen mehr haben wirst. Du musstest bereits genug Schmerzen ertragen. Die Restlichen nehme ich auf mich, damit du nun erlöst bist. Habe keine Angst. Ich bin ja da. Ich erlaube dir, lass los. Vertrau mir, mein Sohn. Schließ deine Augen. Mein lieber, lieber Sohn!", flüsterte er Felix ins Ohr. Mit zittriger Hand hielt er die Waffe und drückte ab.

**

Der Knall sorgte dafür, dass die Vögel, die sich in der Nacht in den Bäumen zur Ruhe gesetzt hatten, aufstiegen und in den Wald flüchteten. Der Alte hielt noch immer seinen toten Sohn in den Armen und beobachtete die Vögel, die in die Freiheit flogen.

„Samiel, du mieser Ungläubiger. Du bist schuld, dass mein Sohn so früh von mir gehen musste. Ich hoffe, dass du eines Tages den gleichen Schmerz empfinden wirst, den ich durch den Verlust meines Sohnes fühlen muss!", raunte er, gerade mal so laut, dass er es selbst hören konnte.

Er stand auf, grub mit seinen bloßen Händen ein Loch in den kalten Waldboden, legte vorsichtig die Leiche seines Sohnes hinein und warf die gelockerte Erde darauf. Als sein Werk vollendet war, stand er auf und lief ebenfalls zurück zum großen Tor.

Belion Forest 2000

Schneller. Lauf schneller, Gabriel!

Die Stimme, die zu mir sprach, brannte in meinen Ohren. Ich durfte nicht stehen bleiben. Wenn ich stehen bleibe, stirbt Polly.

Du hast sie alleingelassen. Alleine zum Sterben.

Die Stimme schrie förmlich in mir, sodass ein immer größer werdender Schmerz sich in mir ausbreitete.

Du bist ein Feigling, der seine Freundin im Stich lässt. Den Menschen, dem du dein Leben zu verdanken hast.

Ich hielt es nicht mehr aus. Während mir die Lunge brannte und ich mit schmerzenden Füßen den Hang hinunterrannte, fing ich an zu schreien, ohne Angst davor, jemand könnte mich hören. Ich wollte, dass mich jemand hört.

Obgleich Verfolger oder Retter. Ich brauchte Hilfe. Dringend.

Und dann geschah das Unglaubliche. Ich wurde gehört. Gehört von einem Menschen der anderen Welt. Der Welt, die unfassbar und fremd für mich war.

**

„Hör auf zu schreien, du Trottel. Sonst verjagst du noch alle Tiere. Dann müssen meine Granny und ich heute Abend hungern!", rief mir der junge Mann zu, der am Ende des Hangs stand. In seiner Stimme klang eine ruhige und noch nie wahrgenommene Wärme mit, die sein Gesagtes in eine Sphäre der Vollkommenheit hob.

„Oh man, wie siehst du denn aus! Bist du eine Waise?", fragte er mich erschrocken, als er sich mir näherte. Ich sprach seine Sprache, doch verstand seine Worte nicht.

Trottel...Granny...Waise

Die Worte irritierten mich und plötzlich bekam ich Angst. Ich spielte mit dem Gedanken wegzulaufen. Doch irgendetwas sorgte dafür, dass ich in diesem Moment unfähig war mich zu bewegen. Mein Gegenüber bemerkte schnell, dass ich nicht von dieser Welt war.

Bevor meine Kraft komplett versagte, schaute ich ihm verzweifelt in die Augen, senkte meinen Blick, hielt die Hände über den Kopf und fing an zu heulen. Ich zeigte mit blutverschmiertem und zittrigem Finger auf den Hang, den ich gerade hinuntergestürzt bin und brachte mit letzter Kraft die Worte *Bitte helft uns!* über die Lippen. Meine Beine gaben nach und ich fiel in eine Dunkelheit, die ich nicht zu kontrollieren vermochte.

**

„Granny, denkst du, sie werden es schaffen?"

Die Stimme kam mir bekannt vor. Es war die Stimme des jungen Mannes, den ich um Hilfe angefleht hatte. Ich hatte meine Augen noch immer geschlossen und wagte es nicht sie zu öffnen. Ich spürte die Wärme, die mich umgab und meine schmerzenden Füße, die in etwas Klebriges eingewickelt waren.

„Er ist wach!", ertönte eine Frauenstimme, die nun sehr nah zu sein schien. Bevor ich reagieren konnte, spürte ich eine warme Hand auf meiner Schulter, die mich zärtlich berührte. Ich erstarrte und schlug meine Augen auf.

„Keine Angst. Ich werde dir nichts tun. Was ist euch bloß widerfahren?", fuhr die Frau mit quälendem Blick fort.

Sie versuchte zu lächeln, doch ich merkte, dass es etwas sehr Trauriges in ihr verwehrte. Bei dem von ihr benutztem Wort *euch* waren meine Schmerzen vergessen und ich rang nach Luft. Ich musste sofort zu Polly.

„Sachte! Alles ist gut. Deiner Freundin geht es gut. Du hast ihr das Leben gerettet. Sie ist noch sehr schwach und schläft gerade", erklärte mir die alte Frau, während sie versuchte mich festzuhalten, damit ich liegen blieb.

Ihre Worte klangen, wie das Rauschen eines Baches, das alle Schmerzen, Sorgen und Ängste für einen Moment hinwegschwemmte und sich nichts weiter als eine große Leere in mir ausbreitete. Ihre schwachen Arme waren nicht stark genug mich festzuhalten, sodass ich mich leicht aus ihnen befreien konnte. Ich stand auf und ging mit zittrigen Beine durch das kleine Zimmer, bis ich vor der Tür zum Nebenzimmer stand. Ich blickte auf die alte Frau, die solch silbernes Haar hatte, dass dies durch die Sonnenstrahlen, die sich ihren Weg durch das Fenster suchten, schimmerte. Sie nickte mir langsam zu. Ich trat an die Tür heran und öffnete sie.

Ich sah Polly, die in einem großen Bett lag und schlief. Ihre schwarzen Locken klebten ihr auf der Stirn und sie schnaufte angestrengt. Ich ging auf sie zu, kniete mich an die Bettkante und nahm ihre Hand. Ich vergrub mein Gesicht in ihren Haaren und fing an zu weinen.

„Polly, es tut mir so leid, was passiert ist. Ich hoffe, du weißt, dass ich das nie gewollt habe. Es tut mir leid, dass ich deinen Vater getötet habe. Es tut mir leid, dass ich dich alleine gelassen habe. Du warst ohnmächtig und ich musste Hilfe suchen. Ich hoffe, du kannst mir jemals verzeihen. Es tut mir so leid, dass ich...", schluchzte ich, bis Polly ihren Kopf zu mir drehte.

„Danke", hauchte sie im Fiebertraum, ohne aufzuwachen. Ich drückte noch fester ihre Hand und spürte, wie die Last der Schuld endlich von meinen Schultern fiel.

**

Einige Minuten später kam der Fremde ins Zimmer, setzte sich auf den Stuhl, der am Bettende stand und starrte mich an, ohne dass ich mich aus meiner Position löste. Ich umklammerte immer noch Pollys Hand und hatte meinen Kopf auf ihren weichen Haaren abgelegt. Ich blickte mit müden Augen zu dem Jungen, der uns das Leben gerettet hatte. Der Junge mit den blonden Haaren. Solch helle Haare hatte ich bisher nur bei dem Guru gesehen. Der Mann, dem Polly ein Messer in die Brust gestochen hatte, um uns zu retten.

„Ich habe mich vor lauter Schreck gar nicht bei dir vorgestellt. Mein Name ist Aaron. Wie du vielleicht mitbekommen hast, wollte ich für meine Großmutter einen Vogel schießen, damit wir am Abend was zu essen haben. Aber daraus wurde dann ja nichts. Im Gegensatz zu saftigen Vögeln habe ich also nur zwei ausgehungerte Kinder gefunden. Als ich bemerkte, dass keine Vögel mehr zu sehen waren, wusste ich, dass etwas nicht stimmte. An den Vögeln kann man immer erkennen, wenn etwas Schlimmes passiert. Ein Gewitter oder zwei ausgehungerte und verletzte Kinder: die Vögel wissen Bescheid. Ich hörte dich, wie du geschrien hast und bin deinem Geschrei gefolgt, bis ich dich am Hang entdeckt habe."

Er schwieg einen Moment und blickte mich an, als wäre ich ein kleines Kind, dass nicht verstand, wovon einem erzählt wird. Ich runzelte die Stirn. Mich irritierte weniger sein Schweigen, sondern die Art, wie er mich musterte. Es gab mir das Gefühl, fremd zu sein.

„Oh man. So etwas erlebt man auch nicht alle Tage."

Er räusperte sich. Sein Blick blieb an meinen verletzten Füßen hängen, welche von dem Verband mit der klebrigen Paste nur noch locker umwickelt waren. Die Stoffkompresse hatte sich gelöst, als ich aufsprang, um zu Polly zu gehen.

„Ich hatte echt Angst, als du plötzlich zusammengebrochen bist. Bin ich froh, dass die Hütte meiner Granny nicht weit von dem Hang entfernt ist. So konnte ich sie direkt holen, um dir zu helfen", fuhr er fort. Während er sprach, drehte ich meinen Kopf zu Pollys Gesicht und wollte sehen, ob sie noch schlief. Ihr Gesichtsausdruck war unverändert und sie schnaubte immer noch angestrengt durch ihr Fieber. Ich blickte wieder zu Aaron, ohne darauf bedacht zu sein, seinen Worten weiter Gehör zu schenken.

„ Gott sei Dank hast du noch mit deinem Finger auf den Hang gezeigt. Sonst. . .", er zögerte es auszusprechen.

„Sonst wäre Polly jetzt tot!", beendete ich seinen Satz mit kalter Stimme. Ich mochte nicht, wie er mich betrachtete, als wäre ich ein Ungeheuer. Ich wusste, dass ich diesem Unbekannten sehr viel zu verdanken hatte, aber das unbehagliche Gefühl ließ mich nicht los. Ich schaute aus dem Fenster, das über dem Bett war, in dem Polly schlief.

„Polly also", wiederholte er den Namen.

„Und wie heißt du eigentlich?", fragte er mich mit neugierigem Tonfall.

„Gabriel DiFloid und Pollys vollständiger Name ist Polly *DiFloid!*", antwortete ich und betonte dabei Pollys neuen Nachnamen, als wäre sie mein Eigentum.

„Also seid ihr Geschwister?", fragte er mich überrascht.

„Nein, sind wir nicht", sagte ich bestimmt und wartete auf seine Reaktion, die nicht lange auf sich warten ließ.

„Hä, wie das?", stammelte er verwirrt.

„Polly ist meine Frau!", sagte ich bestimmt und blickte ihm nun wieder direkt ins Gesicht. Ich sah, wie er bleich wurde und ihm die Kinnlade hinunter klappte.

„Als ob!", stieß er lachend aus. Er erhob sich und kam auf mich zu. Ich merkte, wie mein Herzschlag sich beschleunigte. Ich fühlte mich plötzlich sehr schwach gegenüber dem Fremden, der bestimmt schon 20 Jahre alt war. Ich blickte noch immer starr vor Schreck auf den immer näherkommenden jungen Mann, der nun die flache Hand erhob. Ich krallte meine Fingerspitzen tief ins Bett und wappnete mich auf den ersten Schlag. Ich wich seiner Hand aus und hielt schützend meine Arme über den Kopf.

„Bitte nicht schlagen. Es tut mir leid, respektlos gewesen zu sein!", rief ich in letzter Verzweiflung aus mir heraus. Ich schloss die Augen und wartete auf den Schmerz, den ich nur zu gut kannte.

**

„Was zur Hölle ist hier los!", hörte ich die alte Frau rufen. Der erwartete Schmerz kam nicht. Dafür spürte ich, wie meine Hand nun gedrückt wurde. Es war Polly, die aufgewacht war.

„Granny, bitte glaub mir, ich wollte ihm nur ein High Five geben!", schluchzte Aaron mit zittriger Stimme.

„Du dummer Junge! Was habe ich dir erzählt? Schau mich an Aaron, wenn ich mit dir rede. Ich habe dir doch von Bliss Liberty erzählt und wie es da abgeht. Ich weiß, du warst noch etwas jünger, als wir zum ersten Mal eine Libertane aufgenommen haben, aber selbst du musst damals schon bemerkt haben, wie Frauen und Kinder in Bliss Liberty misshandelt werden", entfuhr es der älteren Frau.

Ich blickte auf und sah geradewegs in die wunderschönsten Augen. Pollys Augen. Sie blickte mich unvermittelt an und schenkte mir ein schwaches Lächeln. Bei den Worten *Bliss Liberty,* die das gerade neugefundene Glück zerstörten, wurde ich aufmerksam auf das Gespräch zwischen Aaron und seiner Großmutter, die ihn aus dem Zimmer in den Flur gezogen hatte. Mit gedämpfter Stimme setzte die alte Frau ihre Standpauke fort.

„Diese Kinder sind Sektenkinder, die ihr Leben lang psychische und physische Gewalt ertragen mussten. Wenn du die Hand ihnen gegenüber erhebst, erwarten sie einen Schlag. Wenn du mit dem Fuß einen Krümel am Boden wegschnipsen willst, erwarten sie einen Tritt und wenn du sie unerwartet berührst, zucken sie zusammen, weil sie den Schmerz der letzten Tat noch immer nicht überwunden haben! Also bitte ich dich aufzupassen, was du in ihrer Anwesenheit machst und tust. Hast du mich verstanden?"

„Ja, du hast Recht. Ich habe vergessen, wie schlimm es ist. Es tut mir leid!", antwortete Aaron.

„Entschuldige dich nicht bei mir. Entschuldige dich bei ihm."

Ich spürte wieder das Gefühl, fremd zu sein, doch dieses Mal kam das Gefühl der Reue hinzu. Aaron hatte meinetwegen Ärger bekommen, doch ich wusste nicht, wie ich darauf reagieren sollte. Diese Entscheidung wurde mir schnell abgenommen, denn Polly ergriff das Wort.

„Gabriel, ich habe Angst. Wo sind wir? Wer sind diese Leute?", flüsterte sie mir mit angsterfülltem Blick zu und drückte meine Hand nun noch fester. Ich schaute ihr tief in die Augen, lächelte vorsichtig und nickte langsam.

„Alles ist in Ordnung. Wir sind in Sicherheit. Diese Leute gehören zu den Guten!", sagte ich zu ihr und hoffte, dass mein Gesagtes wahr ist. Für Polly reichte es, um ihre Angst loszulassen und erneut in einen, vom Fieber geprägten, Schlaf zu fallen. Insgeheim stieg meine Angst nun von Sekunde zu Sekunde.

Was sind Sektenkinder und was geschieht mit uns jetzt?

Warum wusste die alte Frau über Bliss Liberty Bescheid?

Waren sie Anhänger von unseren Verfolgern?

Würden sie uns verraten?

Die vielen Fragen in meinem Kopf sorgten dafür, dass mir schummrig wurde und ich es nicht mehr aushielt. Ich stand auf und ging vorsichtig zu der angelehnten Tür. Durch den Türspalt sah ich die beiden, die immer noch mit gedämpfter Stimme miteinander sprachen. Ich drückte vorsichtig gegen die Tür, die schneller als erwartet, auffiel. Beide blickten mich an. Ich senkte reflexartig meinen Blick.

„Du darfst uns in die Augen schauen, mein Junge!", fing die alte Frau mit liebevoller und sanfter Stimme an. Ich entschied mich - ohne lange darüber nachzudenken - ihr zu gehorchen, den Kopf zu heben und ihr in die Augen zu schauen.

„Danke. Ich hoffe, wir haben dich nicht verängstigt. Es tut mir leid, dass ich deine Schwester geweckt habe!", fügte sie hinzu.

„Frau. Also Polly ist seine Frau! Und er heißt Gabriel. Wie der Junge von dem...", verbesserte Aaron seine Großmutter und nickte mir mit einem vorsichtigen Lächeln zu.

„Ist das so...", unterbrach ihn die alte Frau und versuchte ihre Fassung zu behalten.

„Ich wollte nur *tut mir leid* sagen, dass ich vor dir ausgewichen bin, Aaron. Ich hoffe, du kannst mir verzeihen, und dass man *die Sekte* reparieren kann, damit ihr uns nicht verraten müsst an Bliss Liberty", stotterte ich, ohne die Tränen kontrollieren zu können, die mir nun in Strömen die Wange hinunterliefen. Ich faltete die Hände und fiel auf die Knie.

„Bitte, liebe Frau. Wir wollen nicht auf den Sündenstuhl und ich habe Polly doch die Freiheit versprochen. Bitte helft uns!"

**

Ich sah, wie der bis gerade gefasste Blick der Frau zerbrach und sich in einen schmerzerfüllten Ausdruck verwandelte.

„Wie konnte man euch nur so etwas antun. Ihr seid so wunderbare Geschöpfe, die so etwas nicht verdient haben. Niemand hat so etwas verdient. Polly musste derentwegen mit einer Blutvergiftung kämpfen, weil sich ihre Wunde am Bein entzündet hat. Du hattest so tiefe Schnittwunden in deinen Füßen, dass du dir kleine Steine in die Wunden gelaufen hast."

Sie schluchzte laut und schlug ihre Hände über den Kopf.

„Ihr müsst ab jetzt nicht mehr fliehen, nicht mehr leiden und euch nicht mehr ängstigen. Ihr seid nun Teil unserer Familie, die niemanden verrät oder zu etwas zwingt!", brachte Aaron hervor und vollendete damit, was die Alte noch sagen wollte, aber ihr die zerbrechliche Stimme verwehrte.

Die bis gerade eben gefühlte Angst über unsere Zukunft und das Gefühl des Fremdseins formte sich durch diese Worte in Geborgenheit und Wärme.

„Danke Aaron und. . .", brachte ich heraus, bevor ich bemerkte, dass ich nicht wusste, wie sie hieß. Sie bemerkte meinen fragenden Blick, verstand und antwortete mir.

Und so bekam die Fremde für mich einen Namen: Granny.

Bliss Liberty 2000

Samiel spürte eine Wut in sich, die er noch nie verspürt hatte. *Wie konnte es passieren, dass dieser Bastard ihm entwischen konnte.*

Gefolgt von etwa zehn Blockern, die ihm enttäuscht aus dem Wald zurück folgten, stampfte Samiel zum großen Tor, ging hindurch und nun realisierte er erst, wie niederschmetternd diese Rückkehr war. Vor ihm standen fast alle Einwohner Bliss Libertys, die auf seine Rückkehr warteten. Sie hofften auf gute Nachrichten, die die Ehre von Bliss Liberty noch retten könnten, trotz der Tatsache, dass ein Verräter unter ihnen gelebt hatte und zwei der wichtigsten Persönlichkeiten ermordet worden sind.

„Gut, dass ich wenigstens Alex DiMoné, den elenden Mittäter, getötet habe. So ist wenigstens ein Versager bereits erledigt",

dachte sich Samiel und versuchte sich mit diesem Gedanken wieder aufzubauen.

„Hier gibt es nichts zu sehen. Verpisst euch in eure Häuser oder wollt ihr die Folgen spüren", brüllte Samiel in die Menschentraube.

Er ging einen Schritt vor, packte irgendeinen schwachköpfigen Blocker, der in der Menschenmenge stand und schnappte sich seine Pistole. Er schoss ohne Vorwarnung zwei Mal in die Luft.

„Haut ab!"

Seine Stimme bebte vor Wut und vor Erschöpfung. Doch Samiel dachte nicht daran aufzugeben. Er wollte Rache für seinen Vater, der sein großes Vorbild war. Und für den Guru, den er schon immer vergötterte. Der Hass in ihm schien unkontrollierbar zu sein, doch er wusste bereits, wie er einen Teil seiner Rachgier stillen konnte. Es würde zwar nur eine kleine Wohltat gegen seinen Hunger nach Gerechtigkeit sein, doch diese wäre noch heute Abend zu erlangen.

Er lief durch den Wald, bis er in die dritte Zone gelangte. Hier wohnte sein Opfer für heute Nacht.

★★

„Guten Abend Azrael. Ich hoffe, du hattest einen schönen Abend, du Vater eines Judas!", zischte Samiel, als Gabriels Vater ihm die Tür öffnete.

„Du wusstest doch bestimmt, dass deine Missgeburt einen solchen Verrat begeht!", brüllte Samiel dem Mann nun direkt ins Gesicht.

Azrael sah man an, dass Samiel ihn komplett überrumpelt hatte, sodass er nicht auf das gefasst war, was nun kam. Der Junge zückte sein geliebtes Jagdmesser, welches er zu seinem sechsten Geburtstag von seinem Vater bekommen hatte. Es klebte noch Blut von dem jungen Felix daran, als es schon im Lendenbereich des alten Mannes steckte.

„Ich habe mir versprochen das Blut deines Sohnes zu vergießen. Tja, ich würde mal sagen, es wird heute Abend schlecht für dich ausgehen, mein Lieber. Blöd für dich, dass du diesen Bastard in die Welt gesetzt hast und er dein Blut trägt!"

Bei seinen letzten Worten packte er den, mit dem Libertus geschmückten, Griff des Messers und riss es schwungvoll aus dem bereits gekrümmten Mann heraus. Dabei verletzte er eine Arterie, die stark anfing zu bluten. Das Blut spritze Samiel auf die Kleidung und ins Gesicht. Statt inne zu halten, war Samiel nur noch mehr in seinem Element und stach wiederholt zu. Er verhielt sich wie ein Hai, der Blut gerochen hat. Azrael fiel zu Boden, sodass sich Samiel nun über ihn beugen musste, um von neuem zuzustechen. Und wieder. Und wieder.

„16!", rief er dem toten Mann ins Gesicht und spuckte auf ihn.

„16 Mal - Für jedes Jahr, in dem du den Verräter Bliss Libertys in deinem Haus hast wohnen lassen."

Samiel schnaufte vor Anstrengung - und vor Erleichterung, einen Teil seiner Mordlust noch heute gestillt zu haben. Er lachte laut und freute sich über den tiefen Klang seines

Gelächters. Endlich kam er in den Stimmbruch. Er wurde langsam erwachsen. Er lächelte sich im Spiegelbild der Blutlache ein letztes Mal zu, stieg über die Leiche am Boden und ging nach Hause.

**

Samiel schlug die Augen auf. Für einen Moment waren die Erlebnisse des Vortages vergessen. Er blickte auf die Sonnenstrahlen, die in sein Zimmer fielen und ihn geweckt hatten. Plötzlich war alles wieder da. Es war das erste Mal in seinem Leben, dass er nach Sonnenaufgang aufwachte. Tag für Tag hatte ihn sein Vater mit Hieben eines Bambusstabes geweckt.

Pro Lebensjahr verträgst du ein Hieb mehr, mein Junge!

Der Gedanke an seinen Vater schmerzte. Er vermisste seine Anwesenheit und den zu ertragenden Schmerz, den sein Vater als Liebesbeweis betitelte.

Alles nur zu deinem Besten. Du sollst doch mal so stark werden, wie ich es bin.

Samiel rollte sich zusammen und wartete auf den Schmerz der Bambusstange, doch dieser blieb ihm ab heute an verwehrt. Er fühlte sich schwächer und schlechter denn je. Als hätte er seinen Vater hintergangen. Als hätte er sich vor seinem täglichen Morgenritual gedrückt. Bevor er noch mehr in Trauer über seinen Vater versinken konnte, brachte ihn der Rachegedanke, den er gestern geschmiedet hatte, wieder in die Realität.

**

„Beweg dich, Alte!", schnauzte Samiel seine Mutter an, die regungslos in der Küche saß und aus dem Fenster starrte, als er die Küche betrat. Die Blocker hatten einen fabelhaften Ausblick aus ihren Häusern, direkt auf das Zentrum. Wer in der zweiten Zone wohnte, bekam alles mit, was nachts im Zentrum geschah. So konnten die Beschützer Bliss Libertys auch nach ihrer Schicht ein Auge auf das Geschehen in der ersten Zone werfen.

„Ich bin Vaters Nachfolger, so wirst du ab heute mir gehorchen. Hast du das verstanden, du Genkrüppel? Und hör auf, der Frau des Täters nachzutrauern. Deine Tochter Polly ist seit dem Moment für dich gestorben, als sie aus unserer Familie entsandt wurde!", fügte er mit bestimmter Stimme hinzu.

Die alte Frau antwortete nicht und starrte unentwegt aus dem kleinen Küchenfenster. Samiel verspürte wieder die Wut aufsteigen, die ihn bereits gestern den ganzen Tag erfüllte. Er spürte, wie sich sein Körper verselbstständigte, auf seine Mutter zuging, sie an den Haaren packte und zu Boden warf. Elisabeth fing an zu weinen, was ihren Sohn noch wütender machte.

„Hör auf zu heulen, du dummer Nichtsnutz. Du sollst mir gehorchen!", brüllte er mehr verzweifelt als überzeugend auf sie ein.

„Ich will doch nur, dass man mir gehorcht", fügte er mit leiser und zittriger Stimme hinzu. Bei seinen letzten Worten ließ er sich neben seine Mutter zu Boden sinken und legte seinen puterroten Kopf auf ihren Schoß. Ohne zu zögern, strich sie ihrem Sohn eine Strähne aus dem Gesicht, küsste seine Stirn und sagte: „Ich weiß, mein Sohn. Und das werden sie. Alle Welt wird dir zu Füßen liegen."

⋆⋆

Es verging eine halbe Ewigkeit. Samiel wusste, dass es die letzten Liebkosungen seiner Mutter waren. Von heute an wird sich seine Welt für immer verändern. Er wusste, was nun auf ihn zukommen wird. Der Guru hatte keine Kinder und die Regel besagte, dass sein Platz an der Spitze von Bliss Liberty an denjenigen weitergegeben wird, der das Blut des Judas vergießen würde. Samiels bisherige Rache bestand darin, dass er Azrael DiFloid getötet hatte.

„Er hatte das Gleiche Blut wie der Verräter!", rief Samiel in die Menschenmenge, die ihn anhörte, während er auf das Podest stieg, welches im Zentrum auf dem großen Platz stand. Dort, wo der Guru seine Reden und den _JA_ gehalten hat.

„Ab heute wird mein Wort eure Pflicht sein. So wollte es der Guru und so besagen es die Regeln. Prägt euch die Gesichter dieser Mittäter ein", brüllte er und zeigte mit seinem Finger auf die Leichen, die er letzte Nacht eigenhändig mit einem Strick an einen Baum gehängt hat.

„Alex DiMoné und Azrael DiFloid! Beide haben Hochverrat an Bliss Liberty begangen und haben dafür mit ihrem Leben bezahlt. Es sind zwei der, die gestern versucht haben, uns zu zerstören. Doch so wahr ich hier stehe, verspreche ich euch, die restlichen zu fassen und sie für ihre Taten bezahlen zu lassen. Und ihr werdet mir helfen. Verweigerer sind ebenso Verräter und werden gehängt."

Er schaute mit einem vernichtenden Blick in die Menschenmenge, die seinen Worten folgte. Sein Blick erwartete Zustimmung, welches viele Libertane registrierten. Sie stimmten ihm mit Nicken und Jubeln zu, aus Angst vor seiner Reaktion. Einige aber jubelten vor Freude, wieder einen übermächtigen Herrscher zu haben. Einen Herrscher, der der Grund für ihr Eintreten in Bliss Liberty war. Sie sehnten sich ein Leben lang nach jemanden, dem sie angehörten und dem sie folgen konnten. Diesen Menschen fanden sie vor vielen Jahren in dem Guru und nun wurde sein Platz von einem neuen Herrscher eingenommen. Einen Herrscher, der unbestrittene Autorität hatte. Eine Koryphäe.

„Ab heute bin *ich* euer Guru Sam!", rief er
lachend aus, hob seine Arme gen Himmel und warf
seinen Kopf in den Nacken.

„Ab heute bin ich der schlimmste Albtraum für
Gabriel DiFloid und ich werde nicht ruhen, bis
ich ihn mit meinen eigenen Händen zum letzten
Atemzug gezwungen habe", vervollständigte er
seine Rede, faltete seine Hände und sagte:
„Lasst uns beten!"

Die Mitternachtssonne

Alles war finster, alles im Dunkeln

selbst am Tag keine Sonne, kein Funkeln.

Dann kam das Mädchen mit dem schwarzen Haar,

die in mir einen wahren Helden sah.

Einen Retter in der Not,

der sie beschützen sollte, vor Leid und Tod.

Doch in Wahrheit war nicht ich der Held der Stunde,

nicht der Hüter im Sturm und Regen.

Das Mädchen scheute keine Sekunde,

um alles zu geben, selbst Leben und Degen:

Polly, du hast mich vom Bösen erlöst,

du bist die Sonne, die die Nacht auflöst.

Ich war schwach, ich war zu sachte,

du warst es, die mir das Ziel vor Augen brachte.

Dank dir, kann ich endlich das Böse demaskieren

und mit dem Albtraum duellieren.

Belion Forest 2001

Granny strich mir eine Locke aus der Stirn und streichelte liebevoll meine Wange, als ich damit fertig war, ihr mein Gedicht vorzulesen.

„Ach Gabriel. Ich bin so stolz auf dich. Polly wird sich so freuen, wenn du es ihr vorträgst. Du bist das Beste, was einem Mädchen passieren kann!", sie lächelte mir zu und versuchte ihre Freudentränen zurückzuhalten.

„Danke, Granny. Danke für alles. Aaron und du haben uns die Welt - unsere neue Heimat - gezeigt. Ihr habt mir das größte Geschenk der Welt gemacht. Dafür kann ich mich niemals angemessen revanchieren. Die Zeit verging wie im Flug", sagte ich, während ich in Gedanken war und das letzte Jahr an mir vorbeiziehen ließ.

Ich erinnerte mich an unseren ersten Besuch im Dorfladen, gerade mal zwei Wochen nachdem Aaron mich am Hang entdeckt und unser Leben gerettet hatte. Es fühlte sich an, als wäre es gestern gewesen, als Aaron mir gezeigt hatte, was ein 16-jähriger Junge in der wirklichen Welt machte. Ich lernte Fahrrad fahren und lernte, dass Frauen und Männer gleichberechtigt waren. Der Tag, an dem ich versehentlich Granny zur Anhörung befahl, aus Reue weinte und sie mich, anstelle zu schimpfen, in den Arm genommen hat und mir so viel Liebe und Trost spendete, wie ich es in meinen ganzen zuvorigem Leben nicht verspürt hatte, war erst ein halbes Jahr her, doch es fühlte sich an, als wäre es vor einer halben Ewigkeit passiert. Die Nächte, in denen ich schreiend aufwachte und vor Angst zitterte, dass uns die Libertane finden würden, wurden von Tag zu Tag, von Woche zu Woche, von Monat zu Monat seltener und die Erinnerungen an meine schlimmen Taten verblassten. Was nur langsam verblasste, waren die Schuldgefühle gegenüber Alex, der sich für uns geopfert hatte, obwohl ich nun endlich wusste, warum er das getan hatte.

**

In Gedanken versunken, überhörte ich das Öffnen der Haustür, dass ich erst mit dem Eintreten Pollys wieder in die Gegenwart gerissen wurde. Sie kam stürmisch auf mich zu. Auf ihrem Gesicht lag ein strahlendes Lächeln, das ich in Bliss Liberty nicht einmal bei ihr gesehen hatte. Kein Libertane hätte jemals so ein Lächeln haben können. Schnell versteckte ich das Papier mit dem Gedicht hinter meinem Rücken und strahlte zurück.

„Gabriel, schau mal was ich hier habe", rief sie aus und streckte mir ihre offene Hand hin. Darauf lag eine goldene Münze mit einer *1* darauf. Ich musste lachen. Seit ich ihr die Münze aus Bliss Liberty geschenkt hatte, war sie ganz vernarrt in die funkelnden, runden Gegenständen, mit denen man bezahlte.

„Aaron war mit mir auf dem Markt. Wir haben für heute Abend Käse und Brot gekauft. Der nette Mann am Käsestand hat mir diese Münze geschenkt. Die kommt aus Europa - wo auch der Käse herkommt. Europa liegt hinter dem großen Ozean", erzählte sie mir aufgeregt.

„Wie du weißt, heißt der große Ozean Atlantik!", sagte Granny lachend, die sich nun auf einen Stuhl gesetzt hatte. Ich nickte dankend Aaron zu, der sich breitschlagen ließ mit ihr zum Markt zu gehen.

Mhm... Käse.

Mir lief das Wasser im Mund zusammen als ich hörte, was sie eingekauft hatten. So etwas gab es in Bliss Liberty nicht. Als ich das erste Mal von den Köstlichkeiten dieser Welt probiert hatte, war es als würden meine Geschmackssinne erwachen und all die neuen und unendlichen Genüsse in sich aufnehmen und als Offenbarung sehen.

„Ich habe dir auch was mitgebracht", sagte sie aufgeregt, kramte in ihrer Tasche, die sie sich vor einiger Zeit selbst gehäkelt hatte, und streckte mir schließlich ihre verschlossene, andere Hand hin. Ich umfasste die Hand und öffnete vorsichtig ihre Finger. Ich blickte auf eine Feder, die wahrscheinlich von einem Specht stammte. Ich lächelte, denn ich liebte Vögel, die frei herumflogen und mit ihrer bunten Federpracht prahlten. Ich lief zu meinem Tisch, auf dem ein Buch mit Lederumschlag lag. Ich nahm es, öffnete es und klemmte die Feder zu den anderen.

Ich drehte mich wieder Polly zu. Granny hatte Pollys Haare in einen schulterlangen Bob geschnitten, damit sie nicht erkannt wird, wenn Blocker im Dorf waren. Und tatsächlich war sie mit der neuen Friseur kaum wiederzuerkennen, doch ihre

Schönheit blieb. Ich blickte ihr tief in die Augen und nahm ihre Hände in die meine.

„Danke, mein Engel. Auch ich habe etwas für dich", sagte ich. Ich holte tief Luft und trug ihr mein Gedicht vor. Sie schluchzte vor Überwältigung und fiel mir um den Hals, als ich die letzten Worte aussprach.

„Alles Gute zum ersten Jahr in Freiheit!", fügte ich leise hinzu und sah, wie Granny - von meinen Worten gerührt- aufstand, zu Aaron ging, ihn in ihre Arm schloss und lächelte.

„Alles Gute zum Geburtstag, Gabriel!", hörte ich eine Stimme rufen, die zu der Frau gehörte, die nun die Hütte betrat.

Es war die Frau, die meine Augen hatte.

Bliss Liberty 2001

Samiel spielte mit dem Gedanken, die guten Neuigkeiten seiner Mutter zu erzählen.

Es war gerade mal ein halbes Jahr her, als er endlich seinen 16. Geburtstag hatte. Da sein Vater ermordet wurde und er nun der Guru war, veranstaltete er kurz vor seinem Geburtstag eine Zeremonie, an der alle 15-jährigen Mädchen aus ganz Bliss Liberty teilnehmen mussten. Das war die beste Möglichkeit, sich sein *Geschenk* herauszusuchen. Und tatsächlich wurde er fündig. Er fand ein Mädchen, welches seine Ansprüche erfüllte. Cora war die Tochter eines Blockers, mit dem er einst Streit hatte. Dieser gehorchte Samiel nicht, da er nicht einem Jüngeren unterliegen wollte. Nun konnte der Guru ihm zeigen, wem er zu gehorchen hatte. Samiels Entscheidung, auf welche Art er Cora zu seinem Eigentum machte, fiel ihm nicht schwer. Er genoss es, während dem Akt im Sol noctis Coras Vater tief in die Augen zu schauen und die darin lodernde Wut zu erhaschen. Es war also keine Überraschung, dass Cora mit gerade mal 15 Jahren von ihrem Peiniger und Besitzer schwanger wurde.

**

Er lief durch das Zentrum und ging gerade auf sein neues Zuhause zu. Sein Zuhause war ein Anwesen, welches er sich errichten ließ, nachdem er beschlossen hatte der Nachkomme des

Gurus zu sein. Es war größer und mächtiger, als jedes andere Gebäude in Bliss Liberty. Er stieg die Treppen hinauf und erblickte im Hausflur einen seiner jungen Diener.

„Was machst du hier? Ich habe euch elendigen Hunden schon tausend Mal gesagt, dass ihr mir nicht vor die Augen treten sollt. Hau ab oder du spürst meinen Gürtel!", brüllte Samiel den Jungen an, der der Sohn eines Schäfers war. Der kleine Junge duckte sich vor Angst und lief zurück an seinen Arbeitsplatz, die Küche. Er war noch keine zehn Jahre alt, doch es war üblich, dass die Kinder der Schäfer als Diener fungierten. Schäfer hatten in Bliss Liberty, wie die Förster, den geringsten Stellenwert und wurden als Abschaum der Gemeinschaft bezeichnet.

„Wo bist du, Weib?", rief Samiel, während er ins Wohnzimmer kam.

Keine Sekunde später kam seine Mutter aus der Küche gehastet und empfing ihren Sohn mit einem schwachen Lächeln. Man konnte ihr die Anstrengungen und Sorgen des letzten Jahres aus dem Gesicht ablesen. Tiefe Falten überzogen das Gesicht der Mutter, die gerade mal 40 Jahre alt war. Ihre Finger waren von der Hausarbeit wund gescheuert. Obwohl in der Villa des neuen Gurus mehr als 10 Diener tätig waren, blieb es Elisabeth nicht erspart mitzuhelfen, denn die meisten Diener waren selbst noch Kinder.

„War dein Aufenthalt im Dorf schön, mein Junge?", fragte sie interessiert.

Sie wusste, ohne dass Samiel es ihr gesagt hatte, dass er gute Neuigkeiten mitbrachte.

„Ich bin kein Junge mehr, also unterlasse es, mich so anzusprechen."

Samiels Blick verdunkelte sich, doch im nächsten Moment war er wieder in guter Stimmung bei dem Gedanken an seine Neuigkeit.

„Ja, ich habe tatsächlich gute Neuigkeiten. Ach was sage ich *gut*. Es sind *fabelhafte* Neuigkeiten. Cora trägt meinen Sohn in sich, der bald das Licht dieser Welt kennen lernen wird", rief er voller Freude aus.

„Dein Sohn also...", wiederholte Elisabeth ruhig und blickte Samiel verwundert an.

„Ja natürlich, *mein Sohn*. Was denn sonst?", fuhr er seine Mutter an.

„Ein Genkrüppel kommt nicht in Frage. Ich bin Herrscher über Bliss Liberty, der sich nicht durch eine weibliche Missgeburt den Stand ruinieren lässt", fügte er hinzu, nickte mit dem Kopf und ließ nicht von dem Gedanken an seinen Sohn ab.

„Wenn du das sagst, dann freue ich mich natürlich für dich!", fügte die Alte mit einem gezwungenen Lächeln hinzu und hoffte insgeheim

für das Baby, dass es dem richtigen Geschlecht
angehörte.

Belion Forest 1997

„Bitte lasst mich rein!"

Die Stimme hallte durch den dunklen Wald.

Man spürte den eisigen Wind, der die letzten Blätter von den Ästen blies. Der Nebel, der die Waldoberfläche bedeckte, leuchtete in dem kleinen Licht der Öllampe, die vor dem kleinen Eingang der Hütte brannte. Ein verzweifeltes Klopfen an der schweren Holztür gab einen dumpfen Schall von sich, der für eine weitere Störung der nächtlichen Ruhe sorgte. Die Tür wurde von innen aufgerissen. Wärme strömte nach draußen und berührte die kalten Gliedmaßen der Frau, die draußen stand.

„Bitte lasst mich rein!", wiederholte sie leise vor Erschöpfung und ging einen Schritt auf die alte Dame im Nachthemd zu, die auf der anderen Seite der Türschwelle stand. Diese wich instinktiv zurück und runzelte die Stirn. Sie blickte die junge Frau an. Ihr Blick wanderte über ihren Leib bis zu den Füßen. Es waren unbedeckte, verletzte Füße. Füße, die einen langen Weg auf sich nehmen mussten. Einen Weg der Flucht. Langsam nickte die Alte und ging einen Schritt zu Seite, dass der Fremden der Eingang gewährt wurde.

„In Gottes Namen, was ist Ihnen bloß wiederfahren!", entfuhr es der Alten, als das Licht in der Hütte den Blick auf die gesamte Gestalt erlaubte.

Das Hemd war mit Blut bedeckt, Hände und Füße waren blau vor Kälte und zitterten. In ihrem Gesicht lag ein Ausdruck von vollkommener Erschöpfung, Schmerz und Schwäche. Das kaum hörbare Schluchzen brachte wieder Leben in die Alte. Sie lief zur Kochnische, holte Tücher und heißes Wasser und tränkte den Stoff darin. Sie eilte damit zu der verletzten Frau, half ihr sich hinzusetzen und versorgte provisorisch die größten Wunden.

Die Unbekannte blickte mit leeren Augen auf ihre blutenden Hände, die mit einem warmen, nassen Tuch gesäubert wurden.

„Mein Gott war es lange her, als sie zuletzt Wärme auf ihrer Haut gespürt hatte", dachte sie, ohne sich zu bewegen. Ihre Erschöpfung ließ keine weitere Bewegung zu, sondern sorgte für ein Erstarren aller Gliedmaßen.

„Granny, was ist passiert?", ertönte eine Stimme.

Kurze Zeit später stand ein Junge im Zimmer. Er rieb sich den Schlaf aus den Augen und musterte das Geschehen. Sein Blick fiel auf die Fremde, deren Hemd mit Blut übersät war. An seinem Gesichtsausdruck ließ sich der plötzliche Umschwung der Müdigkeit in Angst erkennen.

„Es ist alles in Ordnung, Aaron! Leg dich wieder schlafen", rief ihm die Alte zu, ohne sich zu ihm umzudrehen. Der Junge, der gerade erst 16 Jahre alt war, realisierte nun, was geschehen sein musste. Die Frau versuchte ihm ein Lächeln zu schenken. Doch es gelang ihr nicht. Der viele Schmerz machte es unmöglich ein

Lächeln zu Stande zu bringen. Ohne Rücksicht auf den Jungen fing die Alte nun zu sprechen an.

„Wer hat Ihnen das angetan und wie in Gottes Namen sind sie in dieser Kälte und Dunkelheit hierhergekommen?"

„Ich war auf dem Sündenstuhl und dann", sie verharrte und blicke auf den Jungen.

„Ich wurde bestraft für meine Sünden und sie dachten, ich wäre bereits so weit zu sterben, deshalb haben sie mich in den Wald geworfen."

Sie stoppte - doch dieses Mal nicht wegen dem Jungen. Sie zögerte, weil sie es nur schwer über sich brachte, ihr Erlebtes in Worte zu fassen.

„Dorthin für die Tiere. Die Tiere sollten mich beseitigen, damit sie es nicht machen mussten!", fuhr sie vor.

Dabei betonte sie das Wort, welches ihre Peiniger beschrieb mit einem verzweifelten Unterton. Eine Träne rollte ihr die Wange herunter, bis zu den zitternden Lippen, die vor Kälte aufgeplatzt waren. Das Salz der Träne brannte in der offenen Wunde der Lippe. Sie wischte sich nervös die roten Augen und bemerkte erst jetzt, dass die Alte bei den Worten aufgehört hatte, sie weiter zu säubern. Sie starrte mit entsetztem Blick auf den Boden. Der Junge hatte sich vor Entsetzten die Arme über den Kopf geschlagen und lief nervös in dem kleinen Zimmer umher.

„Oh Gott, Granny! Was sollen wir tun? Wir müssen doch Hilfe holen. Jemanden der uns helfen kann", stotterte er.

„Nein, wir holen niemanden. Ich kümmere mich um sie. Du wirst das, was du heute Nacht gehört und gesehen hast, keinem erzählen. Hast du mich verstanden?"

Der Junge nickte stumm und holte neue Tücher.

Diese Nacht blieb allen Beteiligten noch jahrelang in Erinnerung. Es war das Ende der Angst für Ann Azrael und der Beginn eines Lebens in Freiheit. Doch sie musste einen hohen Preis für ihre neu gewonnene Freiheit zahlen. Ihr war bewusst, dass sie niemals wieder das Areal von Bliss Liberty betreten könnte. Dort wo ihr Sohn Gabriel DiFloid wohnt und sein restliches Leben verbringen wird. Sie quälte jahrelang der Gedanken daran, dass er ohne sie aufwachsen musste. Sie war für ihn gestorben.

**

Ann hieß vor ihrer Zeit in Bliss Liberty Ann McCath. Sie war gerade mal fünf Jahre alt, als ein Blocker auf sie aufmerksam wurde und sich dazu endschied sie mit in die Sekte Bliss Liberty zu nehmen. Er entführte die kleine Ann eines nachts aus dem Haus ihrer Mutter. Als die Mutter aufwachte und bemerkte, dass ihre Tochter gerade entführt wurde, hatte ihr Entführer nicht gezögert und sie eiskalt getötet.

In Bliss Liberty gab es zu wenige weiblichen Nachkommen, dass sich viele Familien mit Söhnen dazu entschlossen hatten, *ein gleichaltriges Mädchen aus der falschen Welt zu entführen. Und so wuchs Ann mit ihrem zukünftigem Ehemann Azrael DiFloid wie Bruder und Schwester auf. Für Ann gab es ab diesem Zeitpunkt keine Liebe, Zuneigung oder Zärtlichkeit mehr. Sie lebte, um ihren Mann Azrael glücklich zu machen.*

Sie spürte in ihrem Inneren schon als kleines Kind, dass sie anders war als die anderen Libertane. Sie versuchte, sich gegenüber ihrer Kinder nichts anmerken zu lassen, damit sie in der Ideologie von Bliss Liberty aufwuchsen und ohne sich verstellen zu müssen, ein ungefährliches Leben haben können. Doch bei ihrem Sohn Gabriel merkte sie früh, dass er anders als die anderen Kinder in Bliss Liberty war. Er war liebevoll und empfand Emotionen. Sie versuchte ihm beizubringen, wie er seine Gefühle verstecken kann, doch nichts half.

Je älter er wurde, desto mehr nahmen seine Emotionen und seine kritische Sicht auf die Machenschaften Bliss Libertys zu. Als er ihr eines Tages Fragen über ihr Leben vor Bliss Liberty stellte, wusste sie, dass es nun Zeit war, ihn zu retten. Sie wusste, dass seine ausgeprägte Fähigkeit Gefühle zu empfinden von ihr kam. Sie hoffte, dass er seine Sichtweise zu Bliss Liberty ändern würde, wenn er seine Mutter nicht mehr um sich hatte, für die er so viel Liebe empfand. Ann nutzte den Zeitpunkt als ihr Ehemann Azrael DiFloid beim Nachtgebet war. Sie gab ihrem Sohn ein Kraut aus ihrem Garten, das dafür bekannt war, dass es schläfrig machte.

Als ihr Mann zurückkam und bemerkte, dass sie seinen Sohn in einen ungewöhnlich tiefen Schlaf versetzt hatte, wusste Ann, was sie erwartet. Keiner Frau in Bliss Liberty war es gestattet, gegenüber einem männlichen Wesen Gewalt auszuüben. So wurde sie von ihrem Ehemann Azrael ein letztes Mal in ihrem Leben gepeinigt, bevor er sie in die vierte Zone brachte. Dort sollte sie die letzten Stunden ihres Lebens auf dem sogenannten Sündenstuhl verbüßen. Man verband ihr die Augen, knebelte sie und schlug sie stundenlang, bis sie in Ohnmacht fiel.

Als sie aufwachte, hörte sie eine Jungenstimme.

Ihre Augen waren immer noch verbunden, doch sie hörte, dass der Junge weinte. Sie tastete nach der Augenbinde und schob sie hoch. Grelles Licht erreichte ihre Augen. Sie schmeckte Blut in ihrem Mund und spürte einen stechenden Schmerz in ihrem Bauch. Unter ihr spürte sie den kalten Boden des Waldes. Sie setzte sich auf und erschrak. Sie lag in einer Vertiefung des Bodens. Ringsherum entdeckte sie massenhaft Knochen.

Menschenknochen.

Ihr Herz raste und sie versuchte aus der Grube zu kommen. Sie rang vor Schmerz nach Luft bei dem Versuch. Ihre Brust brannte, doch sie riss sich zusammen. Sie wusste, dass ihre Kraft nur noch für einen Versuch reichte. Er musste gelingen. Ann schaffte es, zog sich hoch und erschrak ein zweites Mal. Sie lag auf der anderen Seite des Zauns. Ann blickte zum großen Tor, doch sie entdeckte zu ihrem Glück keinen Blocker.

Sie atmete auf und wollte gerade die Flucht ergreifen, als noch einmal das Schluchzen des Jungen ertönte.

Sie blickte zu der Stelle, von der das Geräusch kam und erstarrte. Der Junge stand auf der anderen Seite des Zauns und hatte eine Pistole in der Hand. Bevor sie fliehen konnte, erblickte er sie und erschrak ebenfalls. Aber vielmehr vor der blutigen Gestalt als davor, dass er beim Weinen ertappt wird. Sie starrten sich gegenseitig in die Augen und erwarteten eine Reaktion des anderen. Doch keiner rührte sich, bis ein Jaulen ertönte. Es kam aus der Richtung, auf die der Junge seine Waffe mit zittriger Hand richtete.

„Bitte! Bitte helfen Sie mir!", brachte nun der Junge mit zittriger Stimme hervor. Ann humpelte vorsichtig auf den Zaun zu, ohne den Jungen aus den Augen zu lassen.

„Was brauchst du denn, mein Junge?", fragte sie vorsichtig.

„Ich muss mein Geschenk des sechsten Geburtstags beseitigen, damit ich bereit für mein neues Geschenk bin!", antwortete er. Sie runzelte die Stirn und folgte der Zielrichtung der Pistole.

„Scheiße man. Ich kann doch nicht meinen Hund erschießen. Nicht Buster. Ich habe ihn doch so lieb. Was soll ich denn jetzt tun? Mein Vater kommt mich in einer viertel Stunde hier abholen. Er erwartet mich mit der Leiche von Buster. Er hat gesagt, dass ich hart bestraft werde, wenn ich unsere Familienehre zerstöre. Aber ich - ich kann es einfach nicht!", schluchzte das fremde Kind.

Er erinnerte sie an ihren eigenen Sohn, wie er schon so oft weinend vor ihr stand und nicht weiter wusste.

„Wie heißt du denn?", fragte sie.

„Alex. Alex DiMoné...", fing er an.

„Ok Alex, hör zu. Du musst mir vertrauen. Versprich mir, dass du mir vertraust", unterbrach sie ihn mit eindringlicher Stimme. Sie ging bis zum Zaun und streckte ihre Hand durch die eisernen Stangen.

„Gib sie mir. Gib mir die Pistole, Alex!", flüsterte sie nun. Alex ging zögernd auf sie zu.

„Ich verspreche es....!", fügte er hinzu und gab ihr mit zittriger Hand die Pistole.

Ann hatte bis zu diesem Zeitpunkt noch kein Lebewesen getötet. Der Knall sorgte für ein erlösendes Gefühl in ihrer Brust. Sie wusste, dass sie damit dem Jungen geholfen hatte. Als sie auf ihr Opfer blickte, das leblos in der Wiese lag und dessen Fell sich mit Blut vollsog, konnte sie ein Schluchzen nicht zurückhalten. Der Junge schlug die Hände vor sein Gesicht und fing erneut an zu weinen. Er blickte erst auf die Hundeleiche, dann auf die Frau, der er gerade so viel zu verdanken hat. Dank ihr, würde sein Vater nicht merken, welches Weichei er ist. Noch nicht.

„Danke...", hauchte er und hob seinen toten Hund hoch.

„Wie kann ich mich je dafür revangieren?", schluchzte er und schüttelte den Kopf, als wollte er seine Gefühle von sich werfen.

„Habe ein Auge auf meinen Sohn, Gabriel DiFloid. Er ist dir ähnlicher, als du zu diesem Moment ahnst", antwortete sie. Plötzlich ertönte eine Männerstimme, die immer näher zu kommen schien. Sie wusste, dass sie nun rennen musste. Rennen um ihr Leben.

**

Als Ann fertig war, ihre Geschichte in Worte zu fassen, bemerkte sie, dass nicht nur der Junge mit den Tränen kämpfte. Mit tränenverschleiertem Blick erhob sie sich und nahm Ann in den Arm.

„Ich bin Cerstin, das ist mein Enkel Aaron und wir sind nun deine Familie. Hier ist ab heute dein Zufluchtsort. Du hast nun deinen Frieden gefunden. So wird auch dein Junge bald seinen Frieden finden", flüsterte sie Ann ins Ohr.

In den folgenden Wochen blühte Ann körperlich auf. Sie bekam genug zu essen und kam, seit so langer Zeit, endlich wieder zu Kräften. Sie lernte schnell, was in der wirklichen Welt richtig und was falsch war. Tagsüber erfreute sie sich an dem Gefühl der Freiheit und ihrer bevorstehenden friedlichen Zukunft. Ihre physischen Wunden waren nun endgültig verheilt, doch ihre Psyche litt weiterhin stark unter den Torturen der letzten Jahrzehnte. Nacht für Nacht wachte sie mal schreiend, mal schweißgebadet aus ihren Albträumen auf. Die Träume, die ihre

Vergangenheit und die Gegenwart ihres Sohnes widerspiegelten. Ihre Schuldgefühle ließen sie nicht in Ruhe, dass sie bald daran zu zerbrechen schien.

Schließlich beschloss Cerstin für Ann Hilfe zu suchen.

Belion Forest 2000

Der Arzt hieß Dr. Scott Eliot. Er war spezialisiert auf Sektenaussteiger. Er kannte die psychische Gehirnwäsche in einer Sekte nur allzu gut. Er selbst war als kleines Kind Sektenanhänger gewesen, bevor ihn eine Organisation namens „Freedom for Pax" befreien konnte. Nun ist er Leiter der Organisation und hilft kostenlos und anonym Sektenmitglieder, die austreten möchten. Cerstin schrieb ihm einen Brief und erklärte ihm ihre Situation. Er war sofort bereit, sich um Ann zu kümmern, sie in sein Kurheim im Süden zu holen und sie zu behandeln.

An den Wochenenden kam Ann in den Norden, um Cerstin und Aaron zu besuchen. Ann war für sie wie eine Tochter. Ihre Anwesenheit reduzierte unbewusst Cerstins Schuldgefühle wegen ihres eigenen Sohnes. Er war Alkoholiker und als er eines Tages gewalttätig wurde, setzte sie ihn eines Nachts vor die Tür. Seitdem kümmerte sich Cerstin um ihren Enkel. Ann lernte im Kurheim mit ihren Gefühlen und Ängsten umzugehen. Ihr wurde die gefährlichen Machenschaften von Sekten erklärt, sodass sie realisieren konnte, dass sie keine Schuld trug. Doch ihr Gewissen ließ den Gedanken der Unschuld nicht zu. Noch nicht. Bis zu dem Tag, an dem sie einen Brief auf ihrem Nachttisch fand.

Sie öffnete ihn und las:

Meine liebste Ann,

du musst unbedingt nach Hause kommen. Aaron hat gestern deinen Sohn im Wald gefunden. Er hat es doch tatsächlich geschafft zu fliehen. Gabriel ist schwach und seine Begleiterin- die wie sich herausgestellt hat, seine Frau ist- ist sehr krank. Anfangs war ich mir nicht sicher, ob er es tatsächlich ist, aber er hat deine Augen. Ich habe Gabriel noch nicht erzählt, dass du noch lebst. Es ist besser, wenn du die Möglichkeit bekommst, ihm zu erklären, was damals geschehen ist. Ich freue mich so für dich und hoffe, dass du heil hier eintreffen wirst.

In Liebe Cerstin, Aaron und nun auch Gabriel und Polly

Belion Forest 2001

„Polly und ich gehen zum Markt. Sagst du bitte Granny Bescheid", rief ich meiner Mutter zu, während wir schon auf dem Weg nach draußen waren.

„Ja ist gut, mein Großer. Viel Spaß euch beiden!", antwortete sie mir. Ich erfreute mich immer wieder an dem Klang ihrer Stimme, von der ich dachte, sie nie wieder hören zu können.

Seit Polly und ich geflohen sind, wohnten wir mit Granny, Aaron und meiner Mum in der Hütte im Wald. Wir wussten aber alle, dass sie zu klein war, um dauerhaft zu fünft darin zu leben. Momentan teilten sich Mum, die von Dr. Eliot aus seinem Kurheim entlassen wurde, und Granny das Doppelbett. Aaron schlief in seinem kleinen Zimmer am Ende des Gangs und Polly und ich hatten im Wohnzimmer eine ausgezogene Couch. Seit wir im Belion Forest lebten, gab es für uns keine Gewalt, keinen Schmerz und keine Angst mehr. Mums psychische Wunden heilten langsam, doch sie machte nur Schritte nach vorne, ohne je wieder zurück zu schauen. Sie meinte nun immer, dass ich nicht nur mich und Polly, sondern auch sie gerettet hatte. Gerettet vor der Angst, mich für immer verloren zu haben. Mum erzählte mir von ihrer Begegnung mit Alex, die mich zum Weinen brachte. Ich weinte um ihn, um seine Menschlichkeit, die in Bliss Liberty so selten war. Und ich weinte, da nun endlich die Gewissensbisse, die wie ein loderndes Feuer in mir brannten, ausgelöscht wurden. Gelöscht durch die Worte meiner Mutter.

177

Polly und ich liefen stets mit tief über die Stirn gezogenen Mützen aus dem Haus, vor Angst, dass uns jemand erkennen könnte. Wir haben bereits Blocker am Markt gesehen, die nach zwei Kindern mit unserer Beschreibung gefragt haben. Einmal hatten sie sogar Zettel aufgehängt, die Granny aber sofort wieder abriss. Wir wussten, dass es nur eine Frage der Zeit und der Tarnung war, bis sie uns auf die Schliche kommen würden. Wir wussten, dass wir mit der Zeit spielten. Mit der Zeit und unserer Freiheit. Bald erlebten wir zum zweiten Mal einen schmerz- und angsterfüllten Albtraum, der unserem alten Leben nur allzu genau ähnelte.

**

„Lass uns zurückgehen, Polly. Es wird schon wieder dunkel."

„Ja ist gut. Lass mich noch schnell ein paar Blumen pflücken, um Granny und Ann zu überraschen!", rief sie und lief zur Wiese, auf der tausende bunte Blumen wuchsen. Ich verdrehte die Augen und lachte.

Als sie endlich fertig war die schönsten und größten Blumen auszurupfen, war es bereits dunkel geworden. Wir gingen im Schnellschritt über den Weg, der zur Hütte führte, die ein wenig abseits vom Weg lag.

„Du nimmst ja die halbe Blumenwiese mit nach Hause!", zog ich sie auf und grinste. Sie grinste auch und nahm meine Hand. Jedes Mal, wenn ich ihr Leuchten in den Augen sah und sie mich berührte, durchzog ein Gefühl der Geborgenheit und Liebe meinen Körper. Ich liebte sie mehr als alles andere auf dieser Welt. So sehr, dass der Gedanke daran, sie zu verlieren, mir einen Stich ins Herz verpasste.

„Polly…", fing ich an und zog sie zu mir hin. Ich umschlang ihre Taille und blickte ihr in die Augen. Ihre einzigartigen grünen Augen.

„Polly, ich empfinde mehr Liebe für dich, als es Blumen auf dieser Welt gibt. Ohne dein Strahlen, das alle Feinde blendet, hätten wir es nicht geschafft Bliss Liberty den Rücken zuzukehren. Du bist mehr, als ich in meinem ganzen Leben verdient habe. Du bist die schönste, klügste und mutigste Frau, die ich je gesehen habe und jemals sehen werde. Du bist eine wahrhaftige Löwin. Eine Löwin, die uns gerettet hat. Polly, ich liebe dich."

Als ich die letzten Worte ausgesprochen hatte, bemerkte ich, dass ich noch nie zuvor diese Worte zu ihr gesagt hatte. Meine Gefühle ihr gegenüber hatte ich schon sehr lange und ich wusste, dass sie ebenso empfand, doch diese drei kurzen Worte waren neu. Ich bemerkte, wie jedes einzelne meiner Worte Polly mehr aus der Fassung brachte und sie immer fester meine Hand umklammerte. Sie errötete, als ich verstummte und senkte den Blick.

Als sie wieder aufblickte, holte sie tief Luft, schmunzelte und flüsterte: „Ich liebe dich auch, mein Löwe!"

Meine Hände wanderten von ihrer Taille hoch zu ihrer Wange. Ich nahm vorsichtig ihren Kopf in meine Hände, schloss die Augen und küsste sie.

Wir gingen Arm in Arm durch den dunklen Wald, bis wir bald die Lichter der Hütte sahen. In dieser Nacht hatte keiner von uns beiden ein Gefühl von Angst. Im Gegenteil: Diese Nacht war voller Zuneigung und Geborgenheit. Wir vergaßen all die schrecklichen Dinge, die uns widerfahren sind. Wir fühlten keinen Schmerz und keine Angst. Nichts als die Liebe für den anderen. Ich vertraute Polly ganz und gar und spürte, dass sie mir auch ohne Zweifel vertraute. Ich durchlebte ein Gefühl, welches ich noch niemals zuvor gespürt hatte.

Ein Gefühl der vollkommenen Verbundenheit.

**

Ein lautes Gepolter riss mich aus dem Schlaf.

Ich schlug die Augen auf und sah, dass Polly noch an meiner Seite schlief. Das Geräusch ertönte wieder, doch dieses Mal lauter, aggressiver, bedrohlicher. Polly schreckte auf und sah mich mit angsterfülltem Blick an. Das Geräusch kam von der Haustür. Ich legte ihr langsam meinen Zeigefinger auf den Mund. Ich stand vorsichtig von der Couch auf und schlich zur Tür. Ich versuchte durch den dünnen Spalt zwischen Haustür und Wand etwas zu entdecken, doch man hatte mich zuerst entdeckt.

„Ich sehe dich doch!", rief eine männliche Stimme von draußen. Ich schreckte zurück und stolperte über die Schuhe. Bevor ich etwas unternehmen konnte, trat die Gestalt von außen gegen die Tür. Einmal, zweimal. Beim dritten Mal, knackste das Holz der Türe erschreckend laut und sie sprang auf.

Der Mann hatte kräftige Arme, einen rötlichen Bart und Hände, die schmutzig und rau waren. Er schnaubte angestrengt, blickte zu mir herunter und kam langsam auf mich zu. Ich sah, wie er humpelte, als hätte er Schmerzen im linken Bein. Bei jedem Schritt, den er auf mich zu kam, verzog er schmerzerfüllt sein Gesicht. Doch anscheinend hielt ihn der Schmerz nicht davon ab weiter zu gehen. Weiter auf mich zu.

Er packte mich am Kragen und zog mich hoch. Die Leichtigkeit, mit der er mich packte und in die Luft beförderte, machte mir mehr Angst als sein Äußeres. Ich hörte, wie Polly schrie, als der Mann nun mit flacher Hand ausholte.

Im nächsten Moment hörte ich die Stimme von Granny.

„Was fällt dir ein, hier ungebeten aufzutauchen, Mike?! Und wag es nicht den Jungen anzurühren!", schrie die alte Dame so laut, dass ich aufs Neue zusammenschrak. Bisher hatte ich Granny noch nie so laut brüllen hören. Es dauerte keine Sekunde, bis er mich unsanft zu Boden fallen ließ und auf die Alte zu ging.

„Was fällt dir ein *so* mit mir zu reden!", polterte er los. Ich verstand immer noch nicht, wieso Granny den Mann, der den Blockern aus Bliss Liberty ähnelte, kannte.

„Hast du schon wieder getrunken? In dem Zustand lasse ich dich nicht zu meinem Enkel!", sagte Granny energisch und versuchte auf Abstand zu bleiben.

„*Dein* Enkel? Das ich nicht lache!"

„Es ist nicht nur dein Enkel, sondern...", fügte er hinzu, doch er wurde unterbrochen. Es war Aaron, der nun ins Wohnzimmer gekommen war.

„Hallo Dad", sagte Aaron vorsichtig und ging auf seinen Vater zu, den er seit Jahren nicht mehr gesehen hatte. Granny hatte ihn vor etwa fünf Jahren rausgeschmissen, weil er ein Trinker und Schläger war.

**

Es ging alles schnell. Zu schnell. Aarons Vater lief zu ihm und verpasste ihm eine Ohrfeige. Granny, die einschreiten wollte, verpasste er einen Stoß mit dem Ellenbogen.

„Du missratener Verräter!", brüllte er auf den Jungen ein.

„Du hast mich verraten. *Du* hättest nach dem Tod von Marie bei mir bleiben müssen und sich nicht wie ein Feigling bei seiner verkrüppelten Großmutter verstecken sollen."

Bei dem Wort *Verräter* musste ich an Samiels Brüllen im Sol noctis denken.

Es ist kein Tag seit unserer Flucht vergangen, an dem ich nicht an ihn und Bliss Liberty denken musste. Er war der Protagonist meiner Albträume. Und nun erkannte ich, dass es auch in der wirklichen Welt - der Welt, die bis dato ein gewaltfreier Ort für uns war - Gewalt gab. Gewalt, die von Menschen ausgeübt wurde, die wie Libertane agierten. Unsere neue Heimat, die uns aufgenommen hat, wurde zu einer Welt, die auch gegen das Böse kämpfen musste. Böses, dem ich nicht gewappnet war.

Ich verlor kurz den Glauben in unser neues Zuhause der Freiheit und Geborgenheit, während ich ins Dorf rannte. Aaron und Granny brauchten nun *meine* Hilfe. Meine neue Familie, dank der ich meinen Glauben bald wiedergefunden hatte. Die Menschen, die mir zeigten, dass es schöne Dinge gab, die es Wert waren, erlebt zu werden.

**

Atemlos kam ich im Dorf an. Es war Sonntag, der Markt war nicht geöffnet. Ich lief voller Panik umher und suchte nach jemandem, der mir helfen konnte. Die Kirchenglocken drängten sich in meine verzweifelten Gedanken.

„Natürlich! Es ist Sonntag!", kam es mir in den Sinn.

Ich stürmte in die Kirche. Der Gottesdienst hatte bereits angefangen, doch meine Gedanken waren nur bei Granny und Aaron, die dringend meine Hilfe brauchten.

„Mike ist zurück!", rief ich mit zitternder Stimme.

Die Worte hallten als Echo in der großen Kirche wider. Alle Menschen in der Kirche starrten mich verständnislos an. Außer der Mann, den ich vom Käsestand auf dem Markt kannte. Er rannte auf mich zu, während er seinem Vater zurief, dass er die Polizei zu Cerstins Hütte rufen soll. Die Stille in der Kirche verschwand augenblicklich bei dem Wort *Polizei*. Nun standen immer mehr Männer auf und liefen uns hinterher. Aus der Kirche hinaus zu der Hütte, in der Mike im Alkoholrausch seinen Sohn und Mutter angegriffen hatte.

**

Zum Glück konnten die Männer Mike rechtzeitig zurückhalten, bevor Schlimmeres passiert wäre. Sie erklärten der Polizei was vorgefallen ist. Anscheinend wurde Mike bereits im Süden von der Polizei gesucht, da er eine Bar überfallen hatte. Mike wurde angeklagt und ging daraufhin wegen Raub ins Gefängnis. Der Ort, an dem das Böse der Welt wohnt, sodass das Gute in Frieden leben kann. Die Tat zeigte mir, dass in jeder ach so schönen Welt Schlimmes existiert. Doch in dieser Welt bekommt man für seine schlechten Taten eine Strafe.

Eine gerechte Strafe.

Bliss Liberty 2002

Samiel fühlte sich von seinem Schicksal hintergangen.

„Wieso musste ich immer so ein Pech haben?", dachte er, während er sich auf dem kalten Boden zusammenrollte.

Seine Knöchel schmerzten, die mit Hilfe einer schweren Kette an der Wand des kleinen Raums angekettet waren. Die meisten Menschen würden wohl in so einem Moment vor Angst zittern. Doch Samiel zitterte vor Wut. Ein Gefühl, das er in den letzten Tagen nicht mehr unter Kontrolle hatte. Er lag auf dem Boden der Dunkelkammer, in die der Blocker Nathan ihn sperrte, um den Aufstand unter Kontrolle zu bekommen. Samiel fühlte seit seinem letzten Mord, der die Wut in ihm beschwichtigen sollte, nur noch mehr Verbitterung.

„Dieser scheiß Genkrüppel!", brüllte Samiel in die Dunkelheit. Seine Stimme bebte. Sein ganzer Körper bebte. Er hatte sich nicht mehr unter Kontrolle.

Er hätte glücklich werden können. Unantastbar als Guru Sam mit seiner Frau Cora, die sich stets unterwürfig verhielt - und seinem Sohn. *Der* Sohn, der kein Sohn war. Bei dem Gedanken an den Moment im Geburtenhaus, als er voller Freude seine Frau besuchen kam, brachte ihn erneut in Rage. Er war so stolz auf sich, bis die Nachricht kam. Er erinnerte sich an die

186

Worte des Geburtshelfers, der ihm die Nachricht verkündete.

Die Nachricht, die alles veränderte.

„Es ist ein Mädchen!"

Samiel schrie, als der Satz ihm ins Gedächtnis kam. Er wollte die Worte mit seinem Brüllen übertönen.

Er wollte es nicht hören. Nicht erneut.

Die Worte sorgten beim ersten Mal für einen seiner schlimmsten Wutausbrüche. Er stürmte in Coras Zimmer und verpasste der jungen Mutter, die - von der Geburt erschöpft - schlief, eine Ohrfeige. Er beschimpfte sie, er schrie ohne an die Regeln von Bliss Liberty zu denken und ging auf das Neugeborene zu. Seine Tochter, die er so verachtete. Samiels Brüllen übertönte ihr Schreien. Bis das Schreien dumpf wurde, dann verschwand. Für immer. Cora war steif vor Schreck, dass ihr nichts Anderes übrigblieb, als zuzuschauen, wie ihr kleines Mädchen unter dem Kissen verschwand. Samiel wollte um jeden Preis verhindern, dass sein Ruf durch weibliche Nachkommen befleckt wurde. Das gelang ihm auch. Doch seine Tat verbreitete sich wie ein Lauffeuer in ganz Bliss Liberty, sodass sein Ruf durch etwas Anderes befleckt wurde. Durch den Kindsmord.

Die Frauen waren die ersten, doch schnell wurden es auch Männer. Die Proteste wurden lauter. Keiner wollte von einem Kindesmörder regiert werden. Sie fingen an sich zu wehren. Erst das Feuer im Wald nahe des großen Tors, dann die Hirten, die all ihre Schafe töteten, um die Fleisch- und Wollversorgung Bliss Libertys zu kappen. Die Aufstände wurden größer, aggressiver, unerträglicher. Bliss Libertys Existenz war gefährdet. Blocker Nathan - Coras Vater - war der Erste, der etwas unternahm. Er rief die erste Versammlung ohne das Wissen von Samiel aus. Von Versammlung zu Versammlung wurden es mehr Blocker und die Forderung wurde immer konkreter. Samiel musste weg. Er hatte gegen das Verbot des Kindsmordes verstoßen.

Der Tod eines Kindes wurde laut den Libertanen nur von Gott entschieden. Erst ab dem 16. Geburtstag galt ein Libertane als Erwachsen und muss sich selbst verteidigen können, auf Leben und Tod.

Samiel war schon zwei Tage in der Dunkelkammer eingesperrt. Die Entscheidung eines neuen Gurus war für die Libertane nicht schwergefallen.

Blocker Nathan war der Erste, der wieder Frieden in Bliss Liberty ermöglichte. Er sorgte für Samiels Gefangennahme und die Beschwichtigung der Libertane. Er war der neue Herrscher über Bliss Liberty. Doch die Entscheidung über Samiels Bestrafung war nicht so leicht für die Libertane.

Töten, foltern oder entsenden?

Letztlich lag die Entscheidung bei Nathan – dem neuen Oberhaupt Bliss Libertys. Schon vor dem Aufstand verabscheute er seinen Schwiegersohn. Samiel suchte sich seine Tochter aus, um ihn zu verletzten. Und nun suchte er die Bestrafung aus, die Samiel am meisten verletzten würde. Samiel lebte für Bliss Liberty. Schon sein Leben lang war er von dieser Utopie der Machtdemonstration überzeugt.

Eine Entsendung aus Bliss Liberty würde Samiel alles rauben, was er besaß. Seine Heimat, seinen Glauben, sein komplettes Leben. Und so geschah es.

Als Nathan mit einem Lächeln, welches so grausam und zugleich zufrieden wirkte, zu Samiel in die Dunkelkammer kam, ihm einen Schlag mitten ins Gesicht verpasste, wusste jeder, dass Samiels Zeit in Bliss Liberty abgelaufen war. Nathan zog Samiel, wie ein totes Tier hinter sich her, bis er sein Ziel erreicht hatte. Er öffnete das große Tor und schubste ihn raus aus Bliss Liberty.

„Ab heute bist du in Bliss Liberty vogelfrei. Wenn du noch einmal einen Fuß auf unseren Boden setzt, wirst du ohne Vorwarnung erschossen", brüllte er ihm hinterher und genoss das Jubeln der Libertanen.

Samiel dachte gar nicht daran, jemals wieder nach Bliss Liberty zurückzukehren. Er verachtete sie alle.

„Wäre mein Vater noch da, hätte sich keiner getraut mir nur ein Haar zu krümmen!", brüllte er den Libertanen auf der anderen Seite des Zauns zu.

In diesem Moment realisierte Samiel, dass er nichts mehr besaß, keine Liebe, keine Familie, keinen Glauben – nichts als den Racheplan für den Mörder seines Vaters. Gabriel DiFloid!

3. Teil

Drei, zwischen Leben und Tod

Belion Forest 2002

Die darauffolgenden Monate waren für mich und Polly sehr aufregend.

Nachdem Mike ins Gefängnis kam und wir uns von dem Schock erholt hatten, konnten wir endlich unsere Zukunft planen. Meine Mutter verliebte sich in den Mann vom Käsestand. Er war mit mir einer der Ersten, die Mike zurückhielten. Für Mum war es das erste Mal, dass sie Liebe verspürte. Liebe, die Zuneigung und Vertrauen voraussetzte. Es dauerte nicht lange, bis meine Mutter und ihr neuer Freund Carl die Augen nicht mehr voneinander halten konnte. Ich freute mich so für sie, denn ich wusste nur zu gut, wie sehr sie unter den Machenschaften in Bliss Liberty litt.

Im Dorf gab es einen alten Bauernhof mit vielen Tieren, der von Carls Vater geführt wurde. Zu dem Grundstück gehörte eine große Wiese mit Blumen, soweit das Auge reicht. Es gab Schweine, Schafe und sogar ein paar Hühner. Es war ein Ort, der es verdient hatte, erneuert zu werden. Carls Vater freute es, dass er zukünftig Hilfe bekommen wird und dass sein Zuhause nun auch unser Zuhause wurde. Auf dem Blumenfeld blühte Polly regelrecht auf. Sie war ein anderer Mensch, wenn sie durch die hohen Gräser lief und vor lauter Freude quietsche. Ja, es war Glück, was wir empfanden. Reine Glückseligkeit.

Aaron schnitzte leidenschaftlich gerne und brachte es mir bei. Dabei entdeckte er mein Talent. Meine Mutter half Carl bei den Tieren und Polly kümmerte sich um das Gemüsebeet. Wir lebten von unseren eigenen Erzeugnissen und alles Weitere konnten wir auf dem Markt verkaufen. Carls Stand wurde bald größer, schöner und bunter als alle anderen Stände auf dem Markt. Wir wurden zu einer Gemeinschaft, die sich unterstützten und liebten. Wir waren eine Familie. Alle freuten sich für uns, doch nur die Wenigsten wussten, dass wir aus Bliss Liberty kamen.

Granny empfand es als zu gefährlich, da viele Bewohner Bekannte von Blockern waren. Bliss Liberty lag nur wenige Kilometer vom Dorf entfernt. Es ist schon öfter vorgekommen, dass Dorfbewohner vor der Sekte gewarnt wurden und sogar schon dazu aufgefordert wurden aus dem Wald zu ziehen, um nicht in die Fänge von Bliss Liberty zu geraten. Doch die Bewohner liebten ihre Heimat und blieben.

**

Ja, vieles war neu und aufregend. Doch eine Sache war überraschender und wunderbarer als alles andere. Doch anfangs dachte keiner von uns, dass dies der Beginn von etwas Wunderbaren war. Es begann damit, dass Polly schlief. Sie schlief meist bis zum Mittagessen und war auch, wenn sie wach war, nicht anwesend. Sie lachte nicht mehr. Ihre Energie der letzten Monate war verschwunden. Carl Senior, der von uns erst vor einigen Tagen erfahren hatte, dass wir aus Bliss Liberty geflohen waren, machte sich am meisten Sorgen um Polly. Er erzählte uns von einem Arzt, der vor Kurzem eine Doktorarbeit über die Posttraumatische Belastungsstörung geschrieben hatte und vermutete, dass Polly darunter litt. Wir entschieden, sie zu einem Arzt zu bringen, der sich damit auskannte. Mich erstaunte immer wieder die Tatsache, dass es in der großen Welt Menschen gab, die dazu ausgebildet wurden, anderen Menschen zu helfen.

In Bliss Liberty gab es nur den Guru, der entschied, wer Schmerzen und Leid ertragen musste. Kein Libertane hatte die Erlaubnis, die Entscheidung des Gurus in Frage zu stellen. Wer litt, der litt aus einem bestimmten Grund. Eine Sünde, eine Missetat, was auch immer der Guru dafür verantwortlich machte, es wurde geglaubt.

Und dann kam der Tag, der alles veränderte. Mein Leben, Pollys Leben, unser Leben.

Es war der Tag, an dem Carl Senior mit Polly und mir in den Süden fuhr, um zu dem speziellen Arzt zu gehen. Ich ging in Pollys Zimmer und wollte sie wecken. Ich setzte mich auf die Kante und streichelte sanft ihr Haar. Während ich so da saß und sie anblickte, musste ich an die Zeit nach der Flucht denken, als Polly - genau wie in diesem Moment - schlief, während ich über sie hütete. Sie war so tapfer gewesen. Die Gedanken daran, welche Angst und Schmerzen wir für unsere Freiheit über uns ergehen lassen mussten, machte mich traurig und zugleich wütend. Ich blickte immer noch Polly an und erinnerte mich an unsere erste Begegnung in Bliss Liberty. Schon damals zog sie mich mit ihrer Stärke und ihrem Mut in einen Bann, dem ich meine Kraft in all den letzten Monaten verdankte. Jedes Wort von ihr, jedes Lächeln, selbst jeder Blick schenkte mir Kraft und Vertrauen, ohne das ich niemals diese Zeit - mit all den Schmerzen, der Trauer und der Angst - überwunden hätte. Ich fragte mich immer wieder, woher Polly die Kraft für all das nahm. In diesem Moment schlug sie die Augen auf. Ihr Blick verriet, wie sehr sie sich darüber freute, mich an ihrer Seite zu haben. Und dann kam es mir in den Sinn. Ich verstand nun, woher sie die Kraft genommen hatte.

Die Kraft kam aus der Liebe zu mir.

„Hey, Polly! Wie geht es dir?", fragte ich mit einem besorgten Lächeln.

„Ich bin müde. Einfach nur hundemüde."

„Carl Senior wartet draußen. Wir fahren doch heute in den Süden, damit es dir bald besser geht!"

Bei meinen Worten huschte ein kleines Lächeln über ihr Gesicht, bevor sie mit langsamen Gang aufstand und ins Bad ging.

** **

„Schau mal die Blumen. Wie schön sie alle blühen", versuchte ich sie aufzuheitern, während wir zum Auto gingen.

„All die schönen Blumen sind dein Verdienst, Polly!"

Ich zwinkerte ihr zu und pflückte eine violette Edelrose, ihre Lieblingsblume. Ich lief zurück zu Polly und steckte sie ihr hinters Ohr. Sie fing an zu lachen und legte ihren Kopf zur Seite. Ich liebte es, wenn sie das machte.

„Jetzt siehst du wie die Göttin des Waldes aus", sagte ich und gab ihr einen scheuen Kuss auf die Wange.

„Danke", hauchte sie, wobei ich mir nicht sicher war, ob dies der Rose oder dem Kuss galt.

„Ich habe zu danken, Polly. Ich danke dir dafür, dass du so eine bewundernswerte Frau bist!", antwortete ich und beobachte, wie sie errötete.

**

Beim Arzt war es nicht so voll, dass wir direkt drankamen. Anscheinend waren er und Carl Senior gute Freunde. Auf der Autofahrt erzählte uns Carl, dass der Arzt erst seit ein paar Jahren im südlichen Teil des Waldes wohnte und davor eine Praxis in einer Großstadt gehabt hatte, doch den dortigen Lärm hasste.

„Lärm und Stress - das macht die Leute krank!", rief Carl mit verstellter Stimme. Polly und ich mussten lachen.

Ich kannte ihn nicht, doch er schien sehr nett zu sein. Mein mulmiges Gefühl, welches sich in mir ausbreitete, seit wir unser Dorf verlassen hatten, war nun kaum noch zu spüren.

„So, so, das sind also deine Enkel in spe, Carl?"

Der Arzt lächelte uns beiden zu und klopfte Carl dann freundschaftlich auf die Schulter.

„Ich glaube wir kommen ganz gut zurecht. Du kannst dich solange ins Wartezimmer setzten. Ich pass gut auf sie auf."

Wir folgten ihm ins Behandlungszimmer, in dem wir gegenüber von dem Arzt Platz nahmen.

„Carl hat mir bereits gesagt, dass es dir nicht so gut geht. Was fehlt dir denn?", fragte er sie behutsam.

Polly räusperte sich und rutschte nervös auf ihrem Stuhl hin und her. Sie tat sich immer noch schwer, Vertrauen zu Männern aufzubauen. Der Gedanke an die Männer ihrer Vergangenheit waren noch zu schmerzhaft.

„Ja also, ich weiß nicht so recht, aber ich bin die letzten Wochen immer sehr müde. Ich wache auf und möchte eigentlich direkt wieder einschlafen."

Doktor Miller hörte ihr aufmerksam zu.

„Ich verstehe. Ich würde zu Beginn gerne einen gesundheitlichen Check machen, um auszuschließen, dass du keinen Infekt hast!", sagte er, holte sein Stethoskop hervor und ging auf sie zu. Polly zuckte zusammen.

„Entschuldigung", sagte sie schnell und errötete. Sie senkte beschämt den Blick.

„Alte Gewohnheiten...", sagte der Arzt in Gedanken und schüttelte den Kopf.

„Ach was! Du musst dich doch nicht entschuldigen", fügte er hinzu und blickte nun mich an. Sein Blick war liebevoll, doch es war kein gewöhnlicher Blick. Er hatte etwas von Mitleid. Sein Blick verriet mir, dass er von unserer Vergangenheit wusste. Anscheinend hatte Carl ihm unsere Geschichte anvertraut.

„Also Polly, möchtest du Gabriel während der Untersuchung an deiner Seite haben oder soll er lieber draußen warten?", fragte der Arzt. Die Antwort auf diese Frage wussten bereits alle im Raum, bevor sie Polly beantwortete.

Die Untersuchung verdeutlichte, wie stark sie immer noch unter den Geschehnissen in Bliss Liberty litt.

Sie sprach selten darüber, was hinter geschlossenen Türen passiert war. Doch einmal erzählte sie mir von dem Tag meiner Zeremonie, an dem ihr Vater sie missbrauchte. Das Mal, an dem es am schlimmsten für sie war. Sie hatte sich schon so sehr an den Gedanken geklammert, bald ausschließlich in meiner Nähe zu sein, als ihr Vater sie mit seiner Tat daran erinnerte, dass sie niemals frei sein wird. Frei von den Gedanken an seine Taten, obgleich sie bleibt oder flieht.

Bei der Untersuchung war es notwendig, dass der Arzt Polly berührte. Bei der Auskultation der Lunge, bei der Kontrolle der Reflexe - und mit jeder Sekunde spürte ich Pollys wachsende Anspannung.

Jede Berührung ihrer Narben ließ sie noch einmal den ganzen Körper verkrampfen. Sie hielt meine Hand so fest, als würde man ihr wehtun. Erneut wehtun. Dabei ging Doktor Miller so vorsichtig und liebevoll mit ihr um, als wäre sie eine Figur aus Glas.

„Den üblichen Gesundheitscheck hast du bestanden", sagte er.

„Oft kommt es vor, dass psychisches Unwohlsein sich auch psychosomatisch auf den Körper überträgt. Das bedeutet, dass der Stress, der in deinem Kopf stattfindet, dir deine körperliche Energie raubt. Sicherheitshalber können wir noch einen Urintest machen, der einen Mineralienmangel ausschließen kann."

Er kramte in seiner Schublade, holte einen Becher heraus und hielt ihn Polly hin. Er zeigte ihr die Toilette und kam dann mit einem Streifen wieder, auf dem einige Indikatoren mit Strichen danebenstanden.

Er hielt mir den Streifen hin und deutete auf das einzige Plus:

Leukozyten –

Glucose –

Nitrit –

β-hCG +

„Herzlichen Glückwunsch, Papa!", sagte der Arzt und lächelte.

Belion Forest 2002

Samiels Wut war von dem Moment an, als er den ersten Schritt außerhalb von Bliss Liberty setzte, wie weggeblasen.

Er fühlte nichts mehr.

Innerlich war er tot.

Er empfand weder Schmerz, noch Angst.

Keinerlei Emotionen.

Ihm wurde alles genommen.

Er war ganz oben an der Spitze von Bliss Liberty

- und nun? Was war er nun?

Ein Ausgestoßener?

Ein Toter?

Samiel lief nun seit Tagen durch den Wald. Es war der Ort, an dem er jetzt lebte. Er lebte, um..., ja weshalb lebte er noch? Tagein, tagaus. Er schlief, wenn der Mond erschien und erwachte, wenn die Sonne aufging.

Alles war ihm egal.

Seine Schuhe, die durch den steinigen Waldboden kaputtgingen, dass er jede Unebenheit, jeden spitzen Stein spürte.

Es war ihm egal.

Er erlegte kleinere Tiere mit seinem Jagdmesser, welches er immer bei sich trug. Er aß sie, obgleich es ihm schmeckte oder nicht. Er trank aus Flüssen und Bächen. Er schlief auf dem kalten Boden.

Kälte, Schmerz, Hunger. Alles war ihm egal.

Er nahm nichts mehr wahr.

**

Die Sonne stand im Zenit. Es war brütend heiß, als er zum ersten Mal Kontakt zur Außenwelt aufnahm. Er lag auf dem Waldboden

- mehr tot als lebendig -

und plötzlich hörte er ein Geräusch, welches er nicht zuordnen konnte. Es war ein lautes, klirrendes, sich näherndes Geräusch. Er öffnete die Augen und sah ein riesengroßes, glänzendes Objekt. Es wurde geöffnet und ein älterer Mann stieg aus.

„Soll ich dich ein Stück mitnehmen? Ich fahre in den Süden", fragte ihn der Mann.

Samiel blickte den Mann an, ohne sich zu rühren. Er wollte nur hier liegen und sterben, doch der Mann ließ nicht locker.

„Hast du etwa einen Hitzschlag oder warum schaust du, als hättest du noch nie ein Auto gesehen? Oder gehörst du zu diesen Ökofaschisten, die meinen sie könnten die Welt retten. Wehe du hältst mir jetzt einen dieser bekloppten Vorträge über die Klimaerwärmung im Zusammenhang mit Automobilen! Ich bitte dich, wofür sonst werden Jeeps gebaut?", fing der Mann an zu reden.

„Hat es dir jetzt die Sprache verschlagen? Wenn du meinst, du könntest die Zerstörung der Natur stoppen, indem du hier komplett fertig herumirrst, dann werde ich dich nicht davon abhalten. Aber ein Schluck Wasser von einem Umweltsünder wird dich schon nicht umbringen!"

Er lachte und holte eine Flasche mit Wasser aus dem Jeep. Als Samiel den Behälter sah, stürzte er auf den Mann und schlang durstig das Wasser hinunter.

„Der kleine Umweltaktivist hat wohl seine Manieren in der Zivilisation gelassen!"

„Sag mal, Junge! Du bist ja noch richtig jung, fast ein Kind! Jetzt mal ernsthaft, wo sind deine Eltern?"

Seine Miene verdunkelte sich.

„Also ich komme ja aus dem Süden – da ist es wesentlich schöner. Um einiges mehr Menschen als hier in der Einöde", fügte er hinzu und stieg wieder in den Jeep.

„Also, wenn du mitwillst, dann jetzt. Die Natur macht mich ganz krank. Ich muss hier dringend wieder raus", rief er Samiel zu.

„Ich muss hier auch dringend aus", sagte Samiel leise, stand auf und stieg in das große Monster ein, vor dem er Angst haben sollte, wie es ihm sein Kopf sagte, doch er empfand immer noch nicht die kleinste Emotion.

Mit jedem Meter, den der Jeep zurücklegte, wurde Samiel immer mehr bewusst, wie groß die Welt außerhalb Bliss Libertys war. Er hatte nie viel über die andere Welt nachgedacht, doch so groß - *so unendlich* - hätte er sie sich nicht im Traum vorgestellt. Er spürte den Wind auf seiner Haut, der durch das offene Fenster hineinströmte. Der Fremde redete ohne Pause auf ihn ein, ohne zu bemerken, dass Samiel kein einziges Mal antwortete, geschweige denn sich für sein Gerede interessierte.

„So waren also die Leute, über die mein Leben lang nur erzählt wurde, dass es falsche Geschöpfe sind. Sünder, Ungläubige, die die Ideologie von Bliss Liberty gefährdeten", dachte Samiel, während er beobachtete, wie der Wald endete und sie sich mit rasender Geschwindigkeit in Richtung Süden bewegten. Raus aus dem Wald, raus aus seiner Vergangenheit und rein in die großen Weiten der falschen Welt. Seinem neuen Zuhause.

**

Samiel erwachte, als der Jeep langsamer wurde und das angenehme Vibrieren des Motors in seinem Rücken verschwand.

„Mein Gott, du hast fast vier Stunden durchgeschlafen", rief der Mann, als Samiel die Augen öffnete.

„Wo sind wir?", fragte Samiel verwirrt, nun mit einem Hauch von Angst in seiner Stimme.

„Bei mir zuhause", sagte er und fuhr auf den Hof eines Bauernhofs. Samiel verzog das Gesicht, als er an sein Zuhause denken musste. An sein ehemaliges. Er schluckte und versuchte nun ohne Angst in seiner Stimme zu sprechen.

„Aha, aber was machen wir hier? Weil naja, also...", fing Samiel an zu reden. Der Mann ließ ihn nicht ausreden und unterbrach ihn direkt.

„Also, ich könnte jetzt was zu essen vertragen. Du kannst sehr gerne mit uns essen. Ich heiße Thomas. Wie heißt du?", fragte er neugierig.

„Sam", sagte er knapp und versuchte sich seine Verlorenheit nicht anmerken zu lassen.

„Du kannst hier entweder Wurzeln schlagen oder wir gehen rein und essen was. Wie du magst, Sam!", rief er und ging ins Haus. Samiels unerträglicher Hunger ließ ihn nicht lange überlegen.

In der Küche duftete es himmlisch. Er schlang das Essen herunter. Samiel überlegte, wann er das letzte Mal was Richtiges gegessen hatte, doch er konnte sich nicht erinnern. Es war sehr lange her.

Er bemerkte nicht einmal, wie die Frau die Küche betrat, so sehr war er mit Essen beschäftigt.

Die Frau ging auf ihren Mann zu und zog ihn aus der Küche.

„Nicht schon wieder! Du musst dich doch nicht immer um jeden kümmern", zischte die Frau.

„Ach Fiona. Schau ihn dir doch an. Ganz alleine war er im Belion Forest. Du weißt doch, dass Bliss Liberty dort sein Areal hat. Ich konnte ihn doch nicht *da* alleine sterben lassen. Er ist doch noch so jung!", rechtfertigte sich Thomas. Beide blickten nun auf den Jungen, der in ihrer Küche saß und ihrem Sohn so ähnlich sah.

„Er hat doch niemanden mehr!", fügte Thomas hinzu, um seine Frau zu überzeugen, ihn aufzunehmen.

„Das weißt du doch gar nicht!", sagte die Alte trotzig und blickte wieder zu dem Jungen.

„Ich habe niemanden mehr!", sagte Samiel zum Überraschen der beiden und drehte sich um. Er wurde auf das Gespräch aufmerksam, als die Worte *Bliss Liberty* fielen. Dank des Essens bekam er wieder einen klaren Kopf. Er wusste nun wieder, warum er lebte. Er hatte einen Plan zu erfüllen. Eine Unterkunft, bis er seinen Racheplan in die Tat umsetzen konnte, würde nicht schaden, entschied er und setzte sein nettestes Lächeln auf.

„Du kannst von mir aus ein paar Nächte hierbleiben", sagte nun die Frau mit einem strengen Blick zu ihrem Mann und ging wieder aus der Küche. Der Alte grinste, setzte sich zu Samiel und fing wiederholt an unnötige Sätze von sich zu geben, aber dieses Mal störte es Samiel nicht. Er hatte erreicht, was er wollte.

Belion Forest 2002

Ich hielt das Testergebnis fest umklammert. Der Arzt gab es mir als Erinnerung an den Tag, der alles veränderte.

Polly wischte sich erneut Tränen vom Gesicht. Freudentränen, die das kleine Wesen in unserer Welt willkommen hießen.

Auf dem Heimweg schlug mein Herz wie wild in meiner Brust. Es schlug so heftig, dass ich Angst bekam, dass es mir herausspringen könnte. Ich strahlte voller Freude, hatte das Blatt Papier in der linken Hand und in der rechten hielt ich Pollys Hand fest umklammert. Ich blieb stehen und grinste sie an. Dann kniete ich mich auf den Waldboden und legte mein Ohr auf ihren Bauch. Ich konnte es nicht fassen, dass dort ein kleines Baby heranwächst. Unser kleines Baby.

„Mein kleines Wunder. Ich bin so gespannt, dich kennen zu lernen. Aber bis dahin bist du in den besten Händen der besten Mutter, die du dir nur vorstellen kannst", flüsterte ich. Polly kicherte, da meine Stimme sie an ihrem Bauch kitzelte, doch dann wurde sie plötzlich ganz still und blickte mich mit angsterfüllten Blick an.

„Was ist, wenn wir dem Baby wehtun, so wie uns wehgetan wurde? Wir sind ohne Emotionen, ohne Liebe, ohne Gefühle erzogen worden! Ich möchte doch nicht so werden, wie die Libertane, aber vielleicht können wir nicht anders!", sagte sie und fing an zu weinen. Ich schüttelte den Kopf, stand auf und fasste sie an den Schultern.

„Nein, hör auf. Schau mich an! Du darfst keine Sekunde an solche Gedanken verschwenden. Du wirst niemals so werden, wie die Libertane, denn du kannst etwas, was diese Menschen nie können werden. Du kannst lieben!"

Ich merkte, wie ihr durch meine Worte eine Last von der Seele fiel, die sie schon sehr lange mit sich herumgetragen hatte.

„Du bist das Gegenteil von all dem Hass, der Manipulation und der Gewalt. Du bist es gewesen, die es geschafft hat all dem den Rücken zuzukehren. Unser Baby wird die gleiche Liebe von uns erfahren, die wir uns gegenseitig tagtäglich schenken."

**

Die Zeit verging, wie im Flug. Pollys Bauch wurde immer größer und ihre Ängste wurden bald von der Vorfreude auf unser kleines Baby ersetzt. Aaron überraschte uns mit einem selbstgeschmiedeten Kinderbettchen, welches wir in das zukünftige Babyzimmer stellten. Polly und ich genossen jede einzelne Sekunde des Lebens. Unser Leben. Wir vergaßen unsere Vergangenheit, den Schmerz, die Schuld. Wir lebten in der Gegenwart und konnten uns nichts Schöneres erträumen. Alles war perfekt. Wir hatten uns und die Liebe zueinander. Ein Gefühl, das auf ewig halten sollte, doch welches bloß ein vergänglicher Moment war, der so schnell endete, wie er begonnen hatte.

South-Farm 2002 – 400 km südlich des Belion Forests

Anfangs fühlte sich Samiel, als wäre er im Paradies. Er genoss sein Leben. Er wurde von Thomas und Fiona wie ihr eigener Sohn aufgenommen. Er trug ordentliche Kleidung, bekam täglich Köstlichkeiten aufgetischt und schlief in einem warmen Bett, welches eine Matratze hatte, die so weich war, wie es Samiel sich in Bliss Liberty nicht erträumt hätte. Thomas lehrte ihm das Fischen und Fiona zeigte ihm, wie man Kartoffelknödel, seine neuentdeckte Leibspeise, zubereitete. Er hatte die Chance auf ein normales Leben. Ein Leben, das ohne Gewalt, ohne Ungerechtigkeiten, dafür mit Liebe und Gerechtigkeit geführt wurde. Nach außen blühte er auf, lernte Manieren gegenüber Frauen und bekam die Chance zum ersten Mal in seinem Leben wahre Liebe empfinden zu können, doch es dauerte nicht lang, bis sein altes Ich sich innerlich bemerkbar machte.

Es war kein halbes Jahr vergangen, bis er innerlich zerbrach. Er hasste sein neues Leben. Er vermisste Vaters Schläge, seine Macht gegenüber den Frauen und er verachtete Fiona aus tiefsten Herzen. Er verstand nicht, wie eine Frau sich ihm und ihrem Mann gegenüber so respektlos verhalten konnte. Sie setzte sich ohne Erlaubnis ihres Mannes, keine Sanktionen, keine Schläge.

In Samiel wuchs ein Gefühl heran, das ihn immer mehr daran glauben ließ, dass er Bliss Liberty verraten würde. Seine komplette Sichtweise wurde in dieser Welt missbilligt, sodass er seine echte Identität verstecken musste. Er hasste es, dass er Fiona nichts zu sagen hatte, er hasste das Fischen mit Thomas. Ebenso hasste er Thomas, der ihm immer wieder versuchte sein Jagdmesser wegzunehmen. *Es sei zu gefährlich für ein Kind.*

Mit jedem Tag nahm sein Hass mehr und mehr zu, dass er entschied nicht länger dort wohnen zu wollen. Er musste seinen Plan erfüllen, der ihm schon lange unter den Fingern brannte. In den ersten Tagen, an denen er noch dieses bescheuerte Leben genoss, hatte er sogar darüber nachgedacht, ob er den Racheplan auf unbestimmte Zeit verschieben sollte. Als Samiel sich an seine alten Gedanken erinnerte, schämte er sich gewaltig. Wie konnte er nur den Plan, der seinen Vater endlich rächen sollte, verschieben wollen. Die kurz abgeklungene Wut stieg wieder in ihm auf. All die verdrängten Gedanken kamen wieder. Und dieses Mal waren sie stärker als je zuvor.

Er wusste, dass er sich auf den Weg machen musste. Seine Wut musste gestillt werden. Gestillt mit dem Blut des Verräters.

**

„Hey Thomas. Ich habe mir überlegt, wieder in den Norden zu fahren. Ich will hier endlich aus diesem Kaff raus! Hast du eine Idee wie ich am besten da hoch komme?", sagte Samiel eines Tages, als er endlich seinen Plan in die Tat umsetzen wollte.

„Nein", sagte Thomas regungslos ohne Samiel anzuschauen. Er saß auf seinem Platz in der Küche und trank seinen Kaffee, wie jeden Tag. Vor ihm lag die Zeitung des Vortages. So wie jeden Tag. Samiel hasste dieses einfältige Leben. Alles das Gleiche. Alles ohne Sinn. Alles für den Arsch.

„Und was ist mit deinem Jeep? Du hast mir ja nicht umsonst beigebracht, wie man Auto fährt!", sagte Samiel nun schnippisch, um die Aufmerksamkeit des Alten zu bekommen.

„Nein, du wirst nicht alleine ohne Begleitung so weit weg fahren. Egal, ob mit oder ohne Jeep! Du bist zu jung, um so große Strecken zu fahren. Das letzte Mal als du alleine im Wald warst, bist du beinahe dehydriert. Du bleibst hier und die Diskussion ist hiermit beendet! ", rief Thomas nun.

„So eine Scheiße! Du hast mir gar nichts zu sagen! Ich will hier nicht versauern, sondern raus in die Welt. Abendteuer erleben!"

„Ja diese Worte habe ich schon mal gehört. Aber damals kamen sie von meinem Sohn.

„Der Junge muss hier mal raus, die große Welt kennen lernen. Er wird ja wiederkommen.

Das haben die Leute gesagt. Und, siehst du ihn hier? Also ich nicht und das nun schon über zehn Jahre nicht mehr. Nochmal mache ich nicht den Fehler. Du bleibst hier und basta!", rief Thomas und blickte wieder auf seine Zeitung.

„Ich scheiße auf deinen verkrüppelten Sohn! Ich bin dir nichts schuldig, du bist nicht mein Vater und damit basta!", äffte Samiel ihn nach.

„So redest du nicht über meinen Sohn! Ohne mich wärst du in diesem Wald doch verreckt!", brüllte Thomas, stand auf und drückte Samiel an die Wand. Er verpasste ihm eine Ohrfeige.

Samiel spürte die Hand auf seiner Wange aufschlagen. Der Schmerz ließ ihn erschaudern. Der Schmerz, den er so vermisst hatte.

Er erinnerte sich an das Gefühl, welches er nach der Züchtigung seines Vaters verspürte. Das Gefühl, welches er so vermisste. Es stieg in ihm auf und durchströmte seinen ganzen Körper. Er fühlte sich, als wäre er aus einem Traum erwacht. Ein Traum, der ihm diesen Schmerz für so lange Zeit verwehrte. Der Schmerz, der der Liebesbeweis seines Vaters war. Samiel erinnerte sich an das Gefühl der Macht, welches er empfand, während er seine Schwester schlug oder Cora Befehle erteilte. Er wollte dieses Gefühl zurück. Er sehnte sich nach dem Geruch von warmem Blut.

Er schaute zu Thomas und brach in Lachen aus. Er lachte und lachte. Der Klang seiner Heiterkeit war erschreckend und ließ Thomas zurückweichen. Schritt für Schritt ging er langsam zurück, ohne Samiel aus den Augen zu lassen. Geleitet von seinem Blutdurst griff er in seine Hosentasche und erwartete sein Jagdmesser zu ertasten. Doch es war nicht da. Samiel verstummte augenblicklich und blickte zu Thomas.

„Du elender Mistkerl!", brüllte Samiel und stürzte auf Thomas, der wesentlich größer war als er. Die Wut in Samiel verlieh ihm allerdings eine Kraft, der nicht einmal Thomas gewappnet war. Er fiel zu Boden und wollte Samiel mit einer weiteren Ohrfeige aufhalten, doch dieser hatte bereits nach dem Messer gegriffen, welches noch vom Vortag in der Spüle lag.

Er stach zu. Einmal. Direkt ins Herz.

Augenblicklich erlosch das Leben in den Augen des Alten. Samiel warf das Messer weg und schlug nun mit Fäusten auf den toten Mann ein.

„Ich hasse dich! Ich hasse es zu morden, ohne mein Messer. Es war ein Geschenk meines Vaters und *du* hast es mir geraubt", brüllte er auf Thomas ein.

Er kramte hektisch in den Taschen des Alten und suchte nach seinem geliebten Jagdmesser. Er stieß auf etwas Metallenes und zog es heraus.

Klirrend landeten die Autoschlüssel in seiner Hand. Samiel grinste und wurde schließlich fündig.

Es dauerte keine zwei Minuten, bis er sein Messer wieder an den rechten Platz verstaute, auf den Hof lief und ins Auto stieg. Er startete den Motor, schnappte sich den Strohhut, der auf dem Beifahrersitz lag und setzte ihn auf. Darunter erschien eine Waffe. Ohne zu zögern schnappte er sie sich und steckte sie in seinen Hosenbund. Er fing abermals an zu lachen. Doch dieses Mal war der Klang der Stimme so rein, wie der eines Kinderlachens. Mit quietschenden Reifen fuhr er vom Hof. Er genoss den Fahrtwind, der sein schwarzes Haar aufwirbeln ließ.

„Gabriel, ich finde dich!", rief er und fuhr in Richtung Norden.

North Highway 2002 – 100 km südlich des Belion Forests

Samiel stand am Straßenrand und fluchte. Die Sonne schien ihm auf den Kopf. Es war brütend heiß. Er versuchte die Augen, trotz der grellen Sonne, offen zu halten und nach jemandem Ausschau zu halten. Aus dem Auto stieg Dampf auf, dass die Hitze noch unerträglicher wurde. Samiel lief auf die andere Straßenseite, doch er sah nichts als Wüste. Überall sah er nur Sand und Steine. Keine Menschenseele.

„Nicht einmal ein verfluchter Baum, der ein bisschen Schatten wirft", dachte sich Samiel und trat gegen den Reifen. Das Auto stand mitten auf der Straße. Der Motor surrte leise, doch es fuhr nicht weiter.

Es fühlte sich wie Stunden an, bis er endlich am Horizont einen Punkt entdeckte.

Der Punkt kam näher und Samiel konnte die Umrisse nun deutlich erkennen. Es war tatsächlich ein Auto.

„Hallo! Ich brauche Hilfe!", brüllte er, ohne zu realisieren, dass das Auto noch viel zu weit weg war.

Samiel hob die Hände und winkte wild umher.

Er stellte sich auf die Straße, um dem Fahrer keine andere Wahl zu lassen, als stehen zu bleiben.

„Kein guter Platz, um zu rasten! ", rief der Anhalter, als das Auto zum Stillstand kam, er das Fenster heruntergekurbelt hatte und Samiel musterte.

„Brauchst du etwa Hilfe?", fragte er Samiel nun, als er den Dampf entdeckte, der aus dem Motorraum emporstieg.

„Ja, diese Schrottkarre kommt einfach nicht mehr vom Fleck!", fluchte Samiel und sah zu dem jungen Mann, der scheinbar nur ein paar Jahre älter als er war.

„Also ich kenne mich nicht so gut mit Autos aus, aber wenn du magst, kann ich dich mit zu meinem Dorf nehmen, das ist etwa eine Stunde von hier entfernt. Dort gibt es einen Abschleppdienst. Der kann dann morgen das Auto holen. Es wird eh bald dunkel. An deiner Stelle würde ich einsteigen", sagte der Junge.

Samiel nickte und stieg ins Auto des Fremden.

„Echt voll nett von dir, dass du mich mitnimmst!", bedankte sich Samiel.

„Ja ist doch kein Ding. Aber du hattest Glück, dass ich in der Großstadt noch einen Kinderwagen kaufen musste. Eine gute Freundin von mir hat gerade ihr erstes Kind bekommen. Die Straßen hier sind normalerweise echt selten befahren. Die Leute aus meinem Dorf meiden die Großstadt im Süden und die Großstadtbewohner hassen unsere Einöde. Was machst du hier eigentlich so ganz alleine. Doch wohl keine Ferien auf dem Bauernhof?", sagte er lachend.

Samiel grinste und schüttelte den Kopf.

„Ich besuche einen alten Freund", sagte Samiel knapp und grinste.

„Ich heiße übrigens Aaron", sagte der Junge und fuhr los

- geradewegs auf den Belion Forest zu.

Belion Forest 2002

„Sie ist so entzückend", hauchte Granny und bewunderte meine kleine Tochter, welche friedlich in der Wiege schlief.

Ich grinste und nickte.

„Ja, du hast Recht. Felicitas ist ein echter Engel, so wie ihre Mutter. Polly war während der Geburt so tapfer gewesen. Ich habe mich so hilflos gefühlt aber Gott sei Dank helfen uns Mum und Carl sehr viel", flüsterte ich und wies mit dem Kopf zur Tür.

„Lass uns besser wieder ins Wohnzimmer gehen, sonst wacht sie noch auf", fügte ich hinzu und ging mit Granny aus dem Zimmer.

Auf dem Gang nahm mich Granny in den Arm und drückte mich ganz fest.

„Ach mein lieber Junge. Dass ihr so schnell so groß geworden seid. Ich bin so stolz auf Polly und dich. Ihr habt so viel durchgemacht in eurem Leben und schafft es trotzdem so glücklich zu sein. Ich wünsche mir so sehr, dass euer Glück niemals enden wird", sagte sie, während wir zurück in die Küche gingen.

„Das hoffe ich auch", fügte ich hinzu und war nun ein bisschen traurig. Ihre Worte erinnerten mich an ein Gefühl in mir, welches sich in meinen Gedanken immer mehr bemerkbar machte. Polly und ich hatten es tatsächlich geschafft, all die schlimmen Dinge hinter uns zu lassen, doch ich spürte ein

Gefühl in mir, das mich beunruhigte. Wir hatten die letzten Monate so viel Glück und Freude, dass ich mich fragte, ob es denn gerechtfertigt war, dass wir nur noch Gutes erleben durften, während in Bliss Liberty noch immer Frauen und Kinder tagtäglich litten.

Polly saß in der Küche und trank einen Tee, als wir hereinkamen. Als sie mich sah, stand sie auf und gab mir einen Kuss.

„Ich habe dir deinen Lieblingstee gemacht", sagte sie und grinste. Es war wunderbar, sie so froh zu sehen. Die Geburt war noch keine zwei Wochen her, doch Polly war so wunderschön, wie nie zuvor.

Es klopfte an der Tür. Ich öffnete sie und war überrascht über den Besuch.

„Mama, was machst du denn hier? Ich dachte, du bist mit Carl am Meer, zum Urlaub machen", rief ich voller Freude aus.

„Du denkst wohl, ich könnte entspannt am Strand liegen, obwohl ich weiß, dass zuhause meine Enkelin auf mich wartet."

Sie lachte und gab mir einen Kuss auf die Wange.

„Ich bin so stolz auf dich, mein Kleiner!", flüsterte sie mir ins Ohr und strich mir eine Strähne aus dem Gesicht. Das komische Gefühl stieg in mir auf, doch es gelang mir die blöden Gedanken zu unterdrücken. In diesem Moment wollte ich nur die Zeit mit meiner Familie genießen.

„Also echt Mama! Ich bin doch nicht mehr dein Kleiner!", sagte ich empört und musste lachen.

„Da hast du recht, mein *Großer!* Und jetzt lass mich endlich rein. Ich habe Kuchen dabei!", sagte sie und schlängelte sich an mir vorbei.

**

Bei Kaffee und Kuchen berichtete Ann uns voller Freude von dem Meer, das so groß war, dass man das andere Ufer nicht sehen konnte und von dem Sandstrand, der so weich war. Währenddessen machte Polly große Augen und ich merkte, wie sehr sie von Mums Worten fasziniert war. Ebenso wie ich hatte sie das Meer noch nie gesehen. Es gab noch so viele Dinge auf dieser Welt, die wir noch gemeinsam entdecken wollten. Das Meer gehörte auch dazu.

„Hey Polly", flüsterte ich und stupste sie leicht an,

„eines Tages werden wir zum Strand fahren und im Meer baden."

Sie lächelte und nickte.

„Das wäre wunderbar, Gabriel", antwortete sie und hörte wieder Ann zu, die immer noch von dem dunkelblauen Wasser schwärmte.

North Highway 2002 – 10 km südlich des Belion Forest

"Magst du Musik hören?", fragte Aaron, während er immer näher dem Belion Forest kam.

„Klar, warum nicht! Ich heiße übrigens Sam!", sagte Samiel, ohne seinen Blick von den weiten Landschaften abzuwenden. Als er das letzte Mal diesen Weg gefahren ist, war er noch ganz benebelt von dem Hunger. Er konnte sich kaum an die Autofahrt mit Thomas erinnern, bloß an sein dummes Gerede. Im Gegensatz zu Thomas sprach Aaron kaum. Samiel hörte ein lautes Quietschen und er blickte dem Geräusch hinterher. Er entdeckte ein gewaltig großes, längliches Gefährt, welches parallel zu der Straße fuhr. Samiel schnappte nach Luft und blickte voller Aufregung zu Aaron. Dieser fuhr ohne Reaktion weiter auf der Straße. Als er Samiels Überraschung über den Zug bemerkte, runzelte er die Stirn.

„Das letzte Mal als ich solch ein Gesicht wegen eines Zuges gesehen habe, war ich mit einem guten Freund unterwegs, der nicht von dieser Welt war", rief Aaron lachend aus und erinnerte sich an die Zeit, in der er Gabriel all die Dinge gezeigt hatte, die für zivilisierte Menschen alltäglich waren.

„Woher kommst du eigentlich?", fragte er nun Samiel. Es kam ihm mehr als seltsam vor, dass ein Junge, der so alt war wie er, noch nie zuvor einen Zug gesehen hatte.

„Bin im Süden geboren. Aber eigentlich bin ich überall zu Hause!", antwortete Samiel knapp.

„Überall zu Hause, außer in Bliss Liberty", dachte er, sprach es aber natürlich nicht aus.

Aaron wusste, dass der Junge ihn gerade angelogen hatte, da im Süden eine der bekanntesten Zugfabriken stand, doch er ging nicht weiter darauf ein. Er fühlte sich zunehmend unwohler in der Gegenwart von Samiel. Samiel strahlte eine Selbstsicherheit aus, als könne kein Mensch der Welt ihm irgendetwas anhaben. Aaron fühlte sich komischerweise von einem Jungen eingeschüchtert, der ein ganzes Stück jünger war als er. Doch das Alter war nicht entscheidend. Aaron ahnte, dass dieser Junge in seinem Leben schon Dinge erlebt hatte, die kein 16-Jähriger erleben sollte. Aaron wusste zu diesem Zeitpunkt aber noch nicht, was in diesem Jungen steckte, der keine Züge kannte. Doch er würde es bald erfahren.

Belion Forest 2002

„Bis später! Ich liebe dich und achte gut auf Felicitas, solange ich weg bin", rief Polly, während sie aus dem Haus ging. Granny hatte bei ihrem gestrigen Besuch ihre Brille vergessen. Polly wollte sowieso auf den Markt, dass sie ihr die Brille direkt zurückbringen konnte.

„Natürlich passe ich gut auf unsere Kleine auf!", rief ich ihr hinterher, bevor sie endgültig die Haustüre hinter sich zu zog.

Ich machte es mir mit meiner kleinen Tochter auf dem Sofa bequem. Ich strich ihr über den Kopf und sang das Lied, welches ich damals auch Polly vorgesungen hatte, als sie nachts immer wieder aufwachte, geplagt von weiteren Albträumen.

„Ich bin hier und du bei mir. Uns're Freiheit bewacht vom Mond, von dem Bösen für immer verschont. Belion gibt uns die Tapferkeit, auf ewig zu leben in Sicherheit.

Schlaf nun ein, ich bleib ja hier, du bist nicht allein, ich bei dir und du bei mir..."

Ein Klopfen an der Tür unterbrach meinen Gesang.

Ich legte Felicitas, die bereits eingeschlafen war, in ihre Wiege und ging zur Tür.

„Hallo Gabriel!", sagte der Junge, der vor der Tür stand, als ich sie öffnete.

„Hallo Aaron!", begrüßte ich meinen Freund.

„Was führt dich zu mir?", sagte ich lachend, überrascht von seinem Besuch. Normalerweise half er zu dieser Uhrzeit auf dem Markt aus.

„Ich muss dir von einer seltsamen Begegnung erzählen. Hast du kurz Zeit?", fragte er.

„Ja klar, Felicitas schläft gerade. Komm doch rein!"

**

„Das klingt schon etwas merkwürdig. Züge fahren ja überall! Also für mich klingt das sehr danach, als hätte er dich angelogen", sagte ich nach einer Weile, nachdem mir Aaron von dem Jungen erzählt hatte, der keine Züge kannte.

„Ich habe ihm angeboten mit zu dir zu kommen. Dann hättest du dir ein eigenes Bild von ihm machen können, aber er wollte sich nach einem Abschleppdienst erkundigen. Ich hoffe, dass er bis heute Abend weg ist. Ich will nicht mit ihm alleine in einem Haus schlafen", sprach Aaron weiter.

„Ach, Granny ist gar nicht zu Hause?", fragte ich verwundert.

„Sie ist doch die nächsten Tage in der Großstadt nahe des Gefängnisses, um sich mit meinem Dad auszusprechen."

„Na dann hoffen wir mal, dass der Junge Polly hineinlässt, da sie gerade auf dem Weg zu euch ist, um Granny ihre Brille zurück zu bringen", murmelte ich.

„Sam kennt zwar keine Züge, aber er wird wohl wissen, wie man sich gegenüber einer Lady verhält", lachte Aaron.

„Wer ist Sam?", rief ich aus, bevor mir der Atem stockte.

„Na der Junge, der keine Züge kennt!", antworte er mir immer noch lächelnd. In mir drehte sich alles. Ich kannte diesen Namen und er erinnerte mich an eine schreckliche Person. Die Person, die verantwortlich für meine Albträume war. Ich fasste mir an die Stirn und kniff die Augen zusammen.

„Was ist denn mit dir los? Geht es dir nicht gut?", fragte Aaron besorgt, während er mich musterte.

„Der Name erinnert mich nur an jemanden aus Bliss Liberty, der Polly sehr wehgetan hat. Ihr Bruder Samiel!", sagte ich und setzte mich hin. Ich erinnerte mich an sein Gelächter, welches mir bei jeder Erinnerung an Bliss Liberty in den Ohren brannte.

„Ein Junge aus Bliss Liberty", wiederholte Aaron und runzelte die Stirn.

„Ein Junge, der keine Züge kennt!", schrie ich schlagartig. Ich blickte mit aufgerissenen Augen zu Aaron und packte ihn am Arm.

„Sam ist der Junge aus Bliss Liberty!"

Ich schrie und fing an zu zittern. Ich schwankte und mein Bauch zog sich zusammen. Ich spürte, wie mir das Frühstück hochkam. Die letzte Mahlzeit, die ich mit Polly gegessen hatte. Ich sah, wie die Farbe aus Aarons Gesicht verschwand. Er stand mit einem Ruck auf und rannte zur Tür.

„Scheiße, Polly hat mir einmal von ihrem Bruder Samiel erzählt. Er hat sie geschlagen und misshandelt. Er war es, der Alex erschossen hatte. Und ich war es, der ihn in unser Haus gelassen hat!", brüllte Aaron, während er hinausstürmte.

Ich stolperte hinterher und rannte los. Wir rannten und rannten, als wäre der Teufel hinter uns her.

Doch der Teufel war bereits da, bevor wir ankamen.

Belion Forest 2002

„Komische Leute sind das hier", dachte sich Samiel. Er war alleine in dem Haus von Aaron und einer alten Dame, die er Granny nennen sollte.

„Was für ein dummer Name. Aber ist ja nur eine Frau, die braucht keinen richtigen Namen", grübelte er weiter, während er durch das einsame Haus ging.

Überall hingen Bilder an der Wand. Auf jedem Tisch standen Blumen, als wäre das Haus von einer Frau geschmückt worden. Samiel grauste der Gedanke daran, dass eine alte Frau in einem Haushalt etwas zu sagen hatte. Schon bei Fiona und Thomas war er überaus wütend, dass Thomas ihr so viele Freiheiten ließ. Samiel ging in das Schlafzimmer der Alten. Er öffnete Schubladen und Schränke, aber er fand nichts Interessantes, das ihn von seiner Langeweile abbringen könnte.

Er ging wieder ins Wohnzimmer und setzte sich auf einen Stuhl. Vor ihm lag ein Buch. Er schnappte es sich und las das Cover:

Glückliche Kindheit – Ratgeber für junge Eltern.

Samiel schmunzelte verachtend und musste an Cora denken. Seine Frau, die zu schlecht war, ihm einen Jungen zu schenken. Wut stieg in ihm auf. Er versuchte sie abzuschütteln und griff nach dem Jagdmesser in seiner Tasche. Er nahm es in die Hand, strich mit seinen Fingerspitzen über das eingeritzte Libertus- Zeichen und fing an mit dem Messer kleine Kerben in den Tisch zu ritzen. Ihm war egal, ob Aaron böse sein würde, geschweige denn was die Alte von ihm denken würde.

Er war so vertieft, dass er das Klopfen überhörte.

Erst die junge Frauenstimme machte ihn aufmerksam.

Er kannte die Stimme.

Wie fremdgesteuert stand er auf und ging zur Haustür.

Er erblickte durch den Spalt zwischen Tür und Wand eine schwarze Locke vorbeihuschen.

Es klopfte ein zweites Mal.

Mit dem Messer in der Hand öffnete er die Tür.

Belion Forest 2002

Ich beeile mich, weil ich schon viel zulange auf dem Markt herumgeschlendert bin. Ich will gerade den Weg nach Hause einschlagen, als mir Grannys Brille einfällt.

„Natürlich! Ich wollte ja noch zu Granny gehen", kommt es mir in den Sinn. Also gehe ich zur Waldhütte.

„Granny, ich bin es! Ich habe deine Brille dabei, die du gestern bei uns vergessen hast!", rufe ich, während ich an der Tür klopfe.

Merkwürdig, dass die Tür zu ist. Normalerweise ließ Granny sie immer offen, überlege ich. Ich spähe durch den Türspalt und erkenne einen Schatten.

Das ist bestimmt Aaron, denke ich und klopfe erneut. Der Schatten setzt sich in Bewegung und kommt zur Tür. Ich freue mich, den Weg nicht umsonst gegangen zu sein.

Die Tür wird mit einem Ruck aufgerissen und ein überraschendes Grinsen empfängt mich.

„Na sie einer an, welches Spiel das Schicksal doch mit uns spielt!", ruft mir lachend Samiel entgegen. Mein Bruder, der Protagonist meiner Albträume. Der Junge, der mich mein

Leben lang quälte. Der Mensch, der Gabriels und meinen Tod will.

Ich schreie auf und setze einen Schritt zurück. In meinem Kopf erscheinen schmerzhafte Erinnerungen an Bliss Liberty, die sich mit meiner Todesangst und Samiels Gelächter zu einem unerträglichen Tornado vereinen. Ich drehe mich um und versuche wegzurennen.

Querfeldein in den Wald.

Weg von Samiel.

Weg von meiner Vergangenheit, die mich auf einen Schlag wieder eingeholt hat.

Ich stolpere und falle auf die Knie. Ich blicke zu Boden und fang an zu weinen.

In meinem Nacken spüre ich Samiels Atem, der mich sofort eingeholt hatte.

„Na, Schwesterchen! Du weißt doch, dass ich schneller bin als du!", raunt er mir ins Ohr. Er lacht und packt mich im Nacken. Er wirbelt mich herum und verpasst mir eine Ohrfeige.

„Sie mich an, du Schlampe!", brüllt er und drückt mein Gesicht gen Himmel, dass mir nichts Anderes übrigbleibt, als ihn anzuschauen.

„Du kannst mir nichts mehr anhaben! Gabriels Liebe wird mich beschützen!", schrei ich ihm ins Gesicht, während mir die Tränen unkontrolliert über die Wange fließen.

Er lacht für einen Moment auf. Ich kenne diese Art von Lachen. Es war die Freude über die Macht und die anstehende Gewalttat.

„Dieser Feigling wird dir nicht helfen können oder siehst du ihn hier irgendwo, Schätzchen", sagt Samiel ruhig.

Zu ruhig.

Stille legt sich über den Wald, die sonst ein Zeichen des Friedens war. Doch nun ist die Stille der bedrohlichste Schrei, den ich je wahrgenommen habe.

Es geht alles blitzschnell. Samiel greift an seinen Hosenbund und holt eine Pistole hervor. Bei dem Anblick stockt mir der Atem.

„Warum?", frage ich und schaue ihm nun direkt in die Augen.

„Ich will Gabriel DiFloid ebenso wehtun, wie er mir wehgetan hat! Er hat mir alles genommen, was ich liebe. Den Guru, meinen Vater, ja ganz Bliss Liberty habe ich wegen ihm verloren", brüllt er. Seine Stimme zittert vor Wut. Ich blicke ihm ins Gesicht und erkenne etwas Verletzliches darin.

Meine komplette Angst ist weg.

All meine Gefühle auf einen Schlag dahin. Ich sehe nichts als meinen kleinen Bruder, der ebenso verletzlich ist wie ich. In mir steigt ein neues Gefühl auf, welches ich noch nie zuvor für Samiel empfunden habe.

Es ist Mitleid. Mitleid für den Jungen, der mit einer Pistole auf mich zielt.

Ein Junge, der ebenso von Bliss Liberty zerstört wurde.

Und in diesem Moment verzeihe ich ihm all seine schrecklichen Taten. Er war nur ein weiteres Opfer der jahrelangen Gewalt von Bliss Liberty.

„Du wirst Gabriel nicht besiegen können. Du hast nicht die Macht dazu, ihn zu zerstören. Jemand, der selbst keine Gefühle hat, kann niemals einen Menschen, der Liebe empfinden kann, zerstören. Du kannst jeden dieser Welt töten und foltern, doch du wirst ihn nie besiegen. Niemals", flüstere ich. Sein Lächeln erstarrt und ich sehe eine Träne an Samiels Wange herunterlaufen.

Die erste Träne seines Lebens. Eine Träne, die all seine Trauer, seinen Schmerz und die unendliche Wut aus seinem tiefsten Inneren befreit.

„Ich will das alles hier nicht mehr", haucht Samiel und wischt sich mit seinem schmutzigen Hemd energisch über sein Gesicht.

„Du bist frei, du kannst dich noch immer ändern!", flüstere ich.

„Nein, ich bin nicht frei. Ich bin erst frei, wenn ich mein Versprechen erfüllt habe", brüllt er mich an und fällt auf die Knie.

„Welches Versprechen?"

„Ach du dumme Gans! Das Versprechen, dass ich meinen Vater räche, dass ich Gabriel so wehtun werde, wie er mir wehgetan hat!"

„Dieses Versprechen kannst du nicht erfüllen, Samiel. Du kannst Gabriel nicht seine Liebe zu mir entreißen, obgleich du ihn tötest oder nicht. Er hat gewonnen!", brülle ich und blicke zu ihm. Er schüttelt den Kopf und hebt die Waffe.

„Wenn er gewinnt, so bin ich niemals frei!", brüllt er.

Bei seinen letzten Worten wird mir klar, dass die Rache an Gabriel sein einziger Lebensinhalt war. Ein Plan, der nicht aufgeht und trotzdem mich als Opfer fordert.

Belion Forest 2002

Aaron und ich kamen außer Atem an der Hütte an. Die Tür war offen. Ich rannte hinein und brüllte Pollys Namen. Aaron lief um die Hütte, doch kein Mensch weit und breit. Ich schrie erneut nach ihr und rannte nach draußen. Ich sah verzweifelt zu Aaron, der mich fragend ansah.

„Wo sind sie bloß?", rief Aaron.

Ich blieb stehen und sah verloren in die Ferne.

„Im Wald hat alles angefangen und dort wird es auch enden", murmelte ich und rannte in den Wald.

**

Der erste Knall ertönte. Ich fiel vor Schreck auf den kalten Waldboden und fing an zu heulen. Mit aufgerissenen Augen rannte ich weiter, blind gefolgt dem Schuss.

Der zweite Knall war lauter. Er war ganz in meiner Nähe. Ich schrie nach Polly und schaute hektisch umher.

Und dann sah ich Samiel, der auf dem Waldboden lag. In seiner Hand hielt er noch immer die Waffe. Aus dem Schussloch an seiner Schläfe floss Blut heraus. Das Licht seiner Augen erlosch, bevor er die Waffe auf mich richten konnte.

Und dann sah ich sie.

Ein zartes Mädchen mit schwarzen Locken, das neben ihm auf dem Boden lag. Ich rannte zu ihr und sah geradewegs in Pollys Gesicht. Sie drückte ihre Hand auf den Bauch und krümmte sich vor Schmerz.

Als sie mich erblickte, sah ich ein kurzes Funkeln in ihren Augen. Das letzte Funkeln, das ich von Polly in diesem Leben bekam.

Ich fiel auf die Knie, hob ihren Kopf auf meinen Schoß und strich ihr mit zitternden Händen über ihr Haar. Ich sah, wie sie den Mund öffnete.

„Gabriel, du bist mein...", hauchte sie, bevor sie vor Erschöpfung die Augen schloss.

Ich weinte und nickte.

„Polly, mach die Augen wieder auf! Ich liebe dich, du darfst mich nicht alleine lassen!", schrie ich und schüttelte sie vor Verzweiflung.

„Hilfe ist unterwegs, Polly!", rief ich und blickte hektisch hinter mich, wo Aaron stand.

„Ist doch so, Aaron?", fragte ich mit zitternder Stimme.

Aber ich wusste, dass wir allein waren. Erneut allein.

Ich vergrub ein letztes Mal mein Gesicht in Pollys schwarzen Haaren und sang ihr unser Lied vor.

Das Lied, welches uns vor dem Bösen beschützen sollte.

„Ich bin hier und du bei mir. Uns´re Freiheit bewacht vom Mond, von dem Bösen für immer verschont. Der Wald gibt uns die Tapferkeit, auf ewig zu leben in Sicherheit. Schlaf nun ein, ich bleib ja hier, du bist nicht allein, ich bei dir und du bei mir. Wir sind frei, der Schrecken ist vorbei."

Belion Forest 2003

Gabriel verstummte, nachdem er seine letzten Worte ausgesprochen hatte.

Er schaute mit glasigem Blick zu den Menschen, die ihm bis gerade eben zugehört hatten. Seine Augen füllten sich mit Tränen. Er bemerkte in der ersten Reihe eine ältere Dame, die er sehr liebte. Es war seine Mutter Ann. Sie wischte sich eine Träne von der Wange. Die anderen waren ebenfalls von seiner Geschichte sichtlich berührt.

Bei seinen letzten Worten versagte ihm die Stimme. Er hielt die Hände vor sein Gesicht und man hörte ihn schluchzen.

Als er wieder in die Menschenmenge blickte, fiel sein Blick auf das kleine Mädchen. Es saß auf dem Schoß der alten Dame. Das Kind schaute ihm direkt in die Augen und er sah für einen kurzen Moment Pollys Augen darin aufblitzen, die ihn anlächelten. Es war das erste Mal, seit Polly gestorben war, dass er in die Augen seiner Tochter blicken konnte, ohne ein Gefühl des tiefsten Schmerzes zu empfinden.

Es war immer noch totenstill im Raum. Der Saal war voller Menschen. Menschen, die kamen, um ihm zuzuhören.

Er wollte, dass so viele Leute wie möglich von seinem Schicksal erfuhren.

Er wollte, dass die Menschen erfuhren, wie gefährlich Bliss Liberty ist, damit sie nicht in deren Fänge geraten.

Seit Pollys Tod hatte er sich nichts sehnlicher gewünscht, als eine Art zu finden, wie er Polly und all die anderen Opfer in Erinnerung halten kann. Und genau das fand er, indem er seine Geschichte erzählte.

Er erzählte sie zu Ehren an Polly, der Mutter seines Kindes, die genau vor einem Jahr gestorben war. Gestorben auf der Suche nach der Freiheit. In diesem Moment wurde ihm klar, dass es nicht das letzte Mal sein würde, dass er seine Geschichte erzählte.

„Danke, dass ihr gekommen seid", sagte er schließlich.

„Ich bin Gabriel DiFloid und das ist meine Geschichte."

Epilog

Ich, Gabriel DiFloid, gründete 2005 die Organisation „Free Liberty" und schloss mich mit weiteren Sektenaussteigern zusammen.

Bis heute bekämpfen wir die Gewalt der Sekten auf der ganzen Welt. Wir kämpfen für die Freiheit aller Menschen. Wir bauen Zufluchtsorte für Aussteiger und stürzten mit Hilfe der Regierung bereits kleinere Sekten.

Ich versuche die Menschen, die auf meinem Weg in die Freiheit umgekommen sind zu ehren und in Erinnerung zu halten.

Wir reisen um die ganze Welt, um so viele Menschen wie möglich über Sekten aufzuklären.

„Free Liberty" macht die Bevölkerung darauf aufmerksam, wie wichtig es ist seine eigene Freiheit zu erkennen und diese zu beschützen. Ich schrieb ein Buch, in dem ich unsere Geschichte erzähle, um Menschen Mut zu machen. Denn jeder verdient eine Freiheit, für die es sich lohnt zu kämpfen.

Felicitas wuchs zu einem Mädchen heran, welches eine solch große Lebensfreude empfindet, dass ich als ihr Vater immer wieder aufs Neue daran erinnert werde, wofür Polly und ich gekämpft haben. Für die Freiheit. Die echte Freiheit.

Jedes Jahr zu Pollys Geburtstag fahre ich ans Meer und genieße die Freiheit mit meiner Tochter, die mit ihren smaragdgrünen Augen und den schwarzen Locken immer mehr Polly ähnelt.

Ich liebe Felicitas so sehr, doch der größte Teil meines Herzens gehört auf ewig Polly. Die Frau, ohne die ich niemals den Mut gefunden hätte aus Bliss Liberty zu fliehen. Jeden Tag, den ich erlebe, jede Stunde, jeden Atemzug genieße ich in Gedenken an meine Frau Polly DiFloid. Die mutigste und wunderbarste Frau, die ich je kennen gelernt habe.

Bliss Liberty wird bis heute von den Libertanen geführt, die weiterhin an der Utopie der Frauenunterdrückung und der Gefühlsmanipulation festhalten. Keine Organisation wird jemals die Macht haben Bliss Liberty zu zerstören.

Doch es wird bald wieder dazu kommen, dass Kinder, die dazu bestimmt sind in Freiheit zu leben, Mut finden und Bliss Liberty den Rücken zukehren.

Ende.

Danksagung

Mein besonderer Dank geht an dich, liebe *Penelope*, für deine Koordination aller Dinge, die mir wichtig sind.

Ich bedanke mich bei *Scott*, der mich, trotz der schrecklichen Dinge, die in der Welt passieren, immer wieder dazu ermutigt an das Gute zu glauben.

Ebenfalls danke ich *Franky* und *Rebecca* für eure Phantasie, die in unendliche Tiefen reicht. Ich freue mich darauf diese in Zukunft mit eurer Hilfe zu entdecken und auszubauen.

Ich bedanke mich bei *Chris*, der stets die Nerven behalten hat und mich bei allem unterstützt hat, egal wie verrückt die Idee auch war.

Lieber *Fletscher*, auch du musst erwähnt werden, da ich nur durch dich die Freude am Schreiben erlangt habe.

An euch, *Marla* und *Skillar*, geht der Dank, weil ihr mir immer die gewisse Disziplin gegeben habt, ohne die ich niemals zu diesem Ergebnis gekommen wäre.

Samuel, dir gehört der ganze Applaus, deine Lebensfreude hat diesem Buch den perfekten Schliff verliehen.

Das Ergebnis lässt mich mit Stolz sagen:

Danke, dass es euch gibt.

©2020 Franziska Silvana Bruch

Erste Auflage

Autor: L. Francis Skar

Umschlaggestaltung, Illustration: Paco Grasberger

Verlag & Druck: tredition GmbH, Halenreie 40-44, 22359 Hamburg

ISBN Paperback: 978-3-347-15317-2
ISBN Hardcover: 978-3-347-15318-9
ISBN E-Book: 978-3-347-15319-6

Bibliografische Informationen der Deutschen Nationalbibliothek:
Die deutsche Nationalbibliothek verzeichnet diese Publikation in der Deutschen Nationalbibliografie, detaillierte bibliografische Daten sind im Internet über http:// dnb.d-nb.de abrufbar.

CPSIA information can be obtained
at www.ICGtesting.com
Printed in the USA
LVHW030452280121
677515LV00006B/117